➡ Erfahren Sie mehr über die Lättläst-Bearbeitung auf www.groa.de.

1. Auflage 2012

© 2012 dieser Ausgabe GROA Verlagsgesellschaft mbH

| | |
|---|---|
| Umschlag: | Stefan Guttke |
| Umschlagfoto: | © Tom Bayer - Fotolia.com |
| Druck: | ScandinavianBook |

ISBN 978-3-933119-75-9

GROA Verlagsgesellschaft mbH
Friedrich-Lamp-Straße 5, 24306 Plön, Deutschland

**kundenservice@groa.de**
**www.groa.de**

# Håkan Nesser

# Döden och kärleken i Kumla

**Lättläst-Ausgabe**
**Bearbeitung: Johan Werkmäster**

**GROA**
VERLAG

# Bilen vid vägkanten

Det var en torsdag i min ungdom,
några veckor innan min granne blev mördad.
Det är många år sen nu.
Jag var sexton år, skulle snart fylla sjutton.
På den tiden bodde jag i Kumla,
en liten stad två mil söder om Örebro.

Jag gick andra året på gymnasiet i Hallsberg.
Det var en mil dit från Kumla
och jag brukade cykla till skolan.
Det tog 45 minuter.

Mitt namn är Mauritz Målnberg.
Min bästa kompis under de där åren hette
Elonsson. Vi gick i samma klass och cyklade
nästan varje dag till skolan tillsammans.
Men den här dagen i maj 1967 var Elonsson sjuk.

På eftermiddagen var jag ensam på väg hem
mot Kumla. Det var ett riktigt skitväder.
Det åskade och regnet öste ner.
När jag hade kommit ungefär halvvägs
gick cykelkedjan av.

Jag kunde inte fortsätta cykla.
Först tänkte jag slänga den jävla cykeln i diket
och försöka lifta.

Men vem skulle plocka upp
en långhårig tonåring med trasiga jeans
som stod ute i ösregnet?
Jag blev tvungen att gå och leda cykeln
över den stora slätten.

Sen hände något som jag ofta har tänkt på.
Det verkade inte så viktigt just då,
först långt senare förstod jag vad det betydde.
Jag kom fram till ett samhälle
som heter Sannahed.
En svart Volvo Amazon stod parkerad
vid vägkanten. Jag gick förbi bilen
och tittade in genom den våta rutan.
Där satt grannfrun, Ester Kekkonen.
Hon bodde på samma gata som jag,
i huset mittemot.
Jag kände igen henne,
men jag vet inte om hon kände igen mig,
en genomblöt ung man med trasig cykel.

Vid Ester Kekkonens sida satt en man,
men jag kunde inte se vem han var
eftersom bilrutan var våt av regndroppar.

Ester Kekkonen, varför sitter du där?
tänkte jag och fortsatte att leda cykeln i regnet.

\*\*\*

Klockan var nästan fem på eftermiddagen
när jag kom hem till huset där vi bodde
på Fimbulgatan i Kumla.
Min storasyster Katta stod i köket
och stekte pannkakor.
Hon var fem år äldre än jag
och arbetade på Posten.
Jag var alldeles dyvåt när jag kom in.

– Du är blöt, sa min syster.

– Jaså, säger du det, svarade jag
och gick direkt in i badrummet.

Jag spolade upp ett bad, klädde av mig
och kröp ner i badkaret.
Där låg jag i det varma vattnet
och tänkte på Signhild.
Det var inget ovanligt med det.
Jag tänkte på henne väldigt ofta.
Signhild var dotter till Ester Kekkonen
som jag hade skymtat genom en bilruta
för drygt en timme sen.

7

Familjen Kekkonen var våra grannar.
De hade flyttat in i huset på andra sidan gatan
för sex år sen.
Då var Signhild en smal och spinkig tioåring.
Vi var lika gamla och lekte ofta med varandra.

Vi stal äpplen tillsammans
och en gång åt vi upp en daggmask.
Vi delade den på mitten och käkade upp
halva masken var.

Nu hade Signhild växt till sig.
Hon var 16 år och en riktig skönhet
med långt, böljande hår.
Signhild gick inte på gymnasiet.
Istället arbetade hon i kassan
i Brundins livsmedelsaffär.
Det fanns nog fler killar än jag
som var lite kära i henne.
Många kunder gav henne långa blickar.
Men jag tyckte på något sätt att hon var min.
Jag hade upptäckt henne först
och vi hade känt varandra så länge.
Jag drömde redan om att jag och Signhild
en dag skulle gifta oss och få massor av barn.

\*\*\*

Min mamma arbetade på en fabrik.
Ofta jobbade hon på kvällarna
och då fick min syster Katta laga middagen.

Den här kvällen skulle Kattas fästman komma
och äta med oss.
Han hade nyligen blivit klar med sin utbildning
till polis och fått jobb på polishuset i Örebro.

Fästmannen hette Urban Urbansson.
De flesta kallade honom Dubbel-Urban.
Men min syster hade sitt eget smeknamn
på honom.
Jag hade hört henne viska det i hans öra ibland.

– Dubbelubbe, viskade hon.

Jag kallade honom också Dubbelubbe
i hemlighet.
Jag tyckte inte särskilt bra om honom.
Han var inte elak på något sätt,
bara lite tråkig och dum i huvudet.
Den här kvällen åt Dubbelubbe pannkakor
med mig, min syster och min pappa.
Pappa var journalist och arbetade
på Länstidningen.

Vid middagsbordet talade vi mest om vädret.

Fast det var egentligen bara Dubbelubbe
som pratade om hur mycket det hade regnat
under dagen. Vi andra satt tysta.

– Kan någon skicka sylten, sa pappa till sist
och såg trött ut.

\*\*\*

Efter middagen gick jag en trappa upp
till mitt rum. Där fanns en säng,
ett skrivbord, en bokhylla, en byrå,
en grammofon och inte så mycket mer.
Min skivsamling bestod av elva LP-skivor
och tretton singlar.

Jag satte på en skiva med Rolling Stones
och la mig på sängen. Jag tänkte på Kumla,
den tråkiga småstaden jag bodde i.
Så fort som möjligt skulle jag sticka därifrån.
Jag ville ut i världen, till London,
Paris eller San Francisco,
platser man sjöng om i de låtar jag lyssnade på.

Det fortsatte att regna.
Jag hörde att det regnade
i kastanjeträdet utanför mitt fönster.
Det ljudet tyckte jag mycket om.

Vid niotiden på kvällen gick jag ner i köket
och bredde en macka.
Sen ringde jag till Elonsson, min bästa kompis.

Han påstod att han var frisk nu.
Jag berättade att min cykel var trasig
så vi kom överens om att ta tåget
till Hallsberg nästa morgon.

Jag gick upp på mitt rum igen
och lyssnade på några skivor.
Sen öppnade jag fönstret
och tände min pipa.
Jag brukade sitta i fönstret
och smygröka en stund varje kväll.
Jag tittade bort mot Kekkonens hus.
Det lyste i Signhilds rum.

Jag tänkte på Signhilds mamma.
Några timmar tidigare hade hon suttit
i en svart Amazon i Sannahed.
Som hastigast såg jag hennes ansikte
genom bilrutan.
Men vad gjorde Ester Kekkonen
där i bilen vid vägkanten?

Vid hennes sida satt en man
men jag såg aldrig hans ansikte.

Rutan var våt av regnet.
Jag såg inte vem det var,
men av någon anledning var jag säker på
att det inte var hennes make.

Det var inte Signhilds far, Kalevi Kekkonen,
som satt vid sin hustrus sida.
Vem var mannen?
Den frågan har jag ställt mig
många gånger under mitt liv.
Först 35 år senare fick jag veta svaret.

# Familjen Kekkonen

Ester Kekkonen var en lång och stilig kvinna
med rödbrunt hår.
Hon var alltid klädd i starka färger,
ofta rött eller orange.
Hon arbetade på Sveas konditori.

Hennes man, Kalevi Kekkonen, var urmakare.
Han kunde verkligen laga alla sorters klockor,
hur trasiga de än var.
Men han var ingen särskilt trevlig typ.
Stor och tjock och mycket äldre än sin hustru.
Egentligen var det konstigt att en så ful karl
kunde ha en så vacker fru.

Det var lördag kväll och jag hade bestämt mig
för att gå hem till Signhild.
Jag ringde på dörren till hennes hus,
det var Kalevi som öppnade.
Han vinglade lite grann och luktade sprit.

– Vad vill du? sa han och kliade sig på magen.

– Är Signhild hemma? frågade jag artigt.

– Hur fan ska jag veta det! svarade Kalevi.
Du får väl gå upp och se efter.

Sen rapade han, vände sig om och gick in
i vardagsrummet där teven var på.

Jag gick uppför trappan.
Dörren till Signhilds rum var öppen.

– Hej, Mauritz! ropade hon
när hon fick syn på mig.

Hon hade vita jeans
och en mörkblå polotröja.
Jag såg att hon sminkat sig lite.
Hennes hår var nytvättat
och hon var ännu snyggare än vanligt.

– Hej, sa jag. Tänkte bara höra
om du vill hänga med ut en sväng.
Vi kan gå ner mot stan.

– Det går tyvärr inte, svarade hon.
Mona kommer hit snart. Vi ska på bio.

– Jaså, vad ska ni se? frågade jag.

– En film med Paul Anka, sa Signhild.

Sån smörja, tänkte jag.
Jag tyckte att Paul Anka var en usel sångare
och han var säkert inget vidare som skådis heller.

– Jag tycker Paul Anka är jättebra, sa Signhild.

– Visst, han är kanon, höll jag med.

Jag ville inte säga emot Signhild.

– Vi ska få en inneboende, sa hon sen.

– Vad är det för nåt? frågade jag dumt.

– En hyresgäst, förklarade Signhild.

Vårt hus är ju så stort.
Vi ska hyra ut ett rum
för att få in lite extra pengar.
Han som ska bo här heter Olsson
och flyttar in nästa vecka.

– Jaså, det blir väl bra, sa jag.

Men det blev inte bra, visade det sig.
Det hände något fruktansvärt.

\*\*\*

Jag lämnade Signhild,
gick tvärs över gatan och upp på mitt rum.
Jag var lite sur för att hon skulle gå på bio
med den där fåniga kompisen Mona.
Istället borde Signhild och jag
ha gjort något kul tillsammans.

Det kommer aldrig
att finnas några andra kvinnor i mitt liv,
bara Signhild, tänkte jag.
Och det var svårt att föreställa sig
att det skulle finnas andra män i hennes liv.
Jag ville vara den enda mannen
som betydde något för henne.
Men jag vågade inte tro
att Signhild någonsin skulle bli min.

Om 50 eller 70 år dör jag,
och då kommer jag att vara lika mycket oskuld
som nu, tänkte jag dystert.
Jag kommer varken att ha sett London
eller Paris eller en naken kvinna.
Det är lika bra att jag hoppar ut genom fönstret
och tar livet av mig på en gång.

Men det var bara fem meter från fönstret
till den mjuka gräsmattan
så jag skulle inte dö, bara slå mig rejält.

Och det ville jag inte.

Jag satte på en skiva, la mig på sängen
och stirrade i taket.

# Poeten Olsson

En kväll i början av juni
höll jag på att klippa gräsmattan.
Jag hade lovat pappa att göra det
och skulle få lite pengar för besväret.
Plötsligt hörde jag en motorcykel
som dånade fram längs Fimbulgatan.
Den svängde in på Kekkonens gård.

Föraren stängde av motorn
och oväsendet tystnade.
Sen tog han av sig hjälmen
och klev av motorcykeln.
Jag hade aldrig sett honom förut.

Samtidigt kom Kalevi Kekkonen
ut på trappan.
Han stirrade några sekunder på mannen
och gick sen in igen.
Strax kom hans fru ut istället.
Hon gick fram mot främlingen.
Han hade långt hår,
var klädd i mörkbruna skinnkläder
och läderstövlar som gick ända upp till knäna.

Ester Kekkonen sträckte fram sin hand
och hälsade.
Sen försvann de in i huset tillsammans.
Jag fortsatte att klippa gräset.

*\*\**

Nästa kväll gjorde jag och Signhild sällskap
till Pressbyrån vid järnvägsstationen.
Hon skulle köpa veckotidningen Bildjournalen.
Jag skulle köpa New Musical Express,
en engelsk musiktidning.

– Vår nya hyresgäst är poet, sa hon.
Vi fick en diktsamling som han har skrivit.
Han heter Olsson. Han är nog berömd.

– Vad heter han i förnamn? frågade jag.

– Ingen vet, svarade Signhild.
Han kallar sig bara poeten Olsson.

– Har aldrig hört talas om honom, sa jag.
Var kommer han ifrån?

Signhild ryckte på axlarna.

– Jag vet inte, sa hon. Det spelar väl ingen roll?

19

Jag svarade inte. Vi gick tysta ett tag.

– Har du läst något han har skrivit?
frågade jag efter en stund.

– Igår kväll bläddrade jag i boken
som vi fick av honom, svarade Signhild.
Jag läste några av dikterna.
De var ganska konstiga.

– Jag förstår, svarade jag.

Plötsligt kände jag mig lycklig.
Signhild var alldeles nära mig.
Vi promenerade tillsammans
längs Järnvägsgatan i Kumla
och pratade om poesi.
Jag ville hålla henne i handen,
men det vågade jag inte.

Poeten Olsson, tänkte jag.
Honom måste jag lära känna.

\*\*\*

Snart var det sommarlov.
Den sista veckan i skolan
skolkade jag ganska mycket.

På avslutningsdagen fick jag mitt betyg.
Det var inget vidare.
Jag tänkte inte visa betyget för mina föräldrar.

Nästa dag gick jag till Kumlas usla musikaffär
för att köpa en LP med Bob Dylan.
Det var mitt sätt att fira att skolan var slut.
Eftersom det var lördag var det torghandel.
I små stånd såldes blommor,
grönsaker och lotter.

Plötsligt fick jag syn på en hemsnickrad talarstol
i ett hörn av torget.
På talarstolen hängde ett textat plakat:

POETEN OLSSON *läser dikter*
*ur sin nya bok på Kumla torg,*
*lördag klockan 12.*

Jag tittade på klockan.
Den var fem minuter i tolv.
Framför talarstolen stod åtta pallar.
Alla var lediga.
Jag satte mig på en av dem.

Några minuter senare
ställde sig poeten Olsson i talarstolen.
Publiken hade vuxit till fyra personer.

Bredvid mig satt Signhild och Ester Kekkonen
och på en annan pall satt Klapp-Erik.
Han hade något funktionshinder,
hade fel på ena benet
och gick på ett konstigt sätt.
Klapp-klapp lät det
när han rörde sig längs trottoarerna.
Det var därför han hade fått sitt namn.

Klapp-Erik gick och tittade på allt
som hände i Kumla.
Han tyckte allt var lika spännande:
fotboll, speedway, allsång och bingo.
Nu skulle han alltså titta på poeten Olsson.

Olsson var helt klädd i svart.
Han hade vattenkammat sitt långa hår
och han var orakad.
Jag gissade att det var så
en poet skulle se ut.
Han satte på sig ett par glasögon
och öppnade en tunn bok.
Sen började han läsa:

*Dagar, nätter, kvinnor, läger*
*Svärd som ljungar, barn som lider*
*Ålderdomens heta höstar*
*Genomborrad, oförfalskad*

22

Signhild hade sagt att poeten Olssons dikter
var ganska konstiga, och jag måste hålla med.
Det fortsatte på ungefär samma sätt
och jag begrep inte särskilt mycket.
Men Klapp-Erik gillade tydligen vad han hörde.
Plötsligt började han applådera.

– Bravo! skrek Klapp-Erik
och fortsatte med en egen hejaramsa:
Ettan kom, tvåan kommer så småningom!

Poeten Olsson såg förvirrad ut.
Han torkade sig i pannan med en vit näsduk.
Sen fortsatte han att läsa i tio minuter till.

Han hade tagit med sig några exemplar
av sin senaste diktsamling.

– Idag säljer jag boken för endast 30 kronor,
sa han. Jag hoppas att ni vill köpa den.

Men det var det ingen som ville.

***

Även om jag inte riktigt förstod
poeten Olssons dikter,
så tyckte jag om dem på något sätt.

Jag fick i alla fall lust att själv skriva poesi.

På kvällen satt jag i mitt rum i flera timmar
och skrev dikter.
Samtidigt tänkte jag på Signhild.
Alla dikterna var till henne.
*Songs for S* kallade jag dem.
Jag la papperen i ett stort brunt kuvert.

Dagen när vi gifter oss ska jag ta fram dikterna
och visa dem för Signhild, tänkte jag.
Jag vågade inte göra det än.
Så modig var jag inte.

# Sommarjobbet

Jag fick bara njuta av lovet ett par dagar.
Redan på måndagen
började jag mitt sommarjobb.
Både jag och Elonsson
skulle arbeta med att lyfta torv, en sorts jord
som bildas av gamla växtdelar i fuktiga marker.

Jag steg upp klockan sex på morgonen
och gjorde matsäck.
Jobbet började klockan sju.
Varken jag eller Elonsson var riktigt vakna
när vi träffades och cyklade iväg mot Säbylund
som låg några kilometer utanför Kumla.

Vi var ungefär femton sommarjobbare.
En förman som hette Bengt
hälsade oss välkomna.
Han var en rödhårig typ i 18-årsåldern
och skulle lära oss arbetet.

Bengt gick före oss ut på mossen,
som såg ut att vara oändlig.
Jag kunde inte se var den tog slut.

Vi andra följde efter Bengt.
Den fuktiga marken sviktade skönt när man gick.

Det fanns inga träd eller buskar på mossen,
bara några grå lador.
Där fick den torkade torven ligga
innan den kördes iväg till fabriken.

– Er uppgift är att få torven torr,
förklarade Bengt. I fabriken
gör man sen bränsle och annat av torven.

Torven hade redan skurits upp i bitar,
stora som skokartonger.
De var tunga nu när de var blöta.
Varje torvbit vägde ungefär tio kilo.
Vi skulle vända dem så att solen
kunde torka torven på alla sidor.

Torvbitarna låg i rader.
Varje rad var 140 meter lång.
Vi fick betalt 50 öre för varje meter torv vi vände.
Jag förstod att jobbet skulle bli tungt,
men om man arbetade hårt skulle det nog gå
att tjäna ganska mycket pengar.

När Bengt hade förklarat hur vi skulle göra
satte vi igång.

Jag grep tag i den första blöta torvan
och lyfte den.
Den gick sönder och det gjorde nästa också.
Men den tredje torvan höll.
Jag vände den och la den på plats.

Jag börjar lära mig, tänkte jag.

Klockan var fem minuter i åtta.
Jag hade varit vaken i två timmar
och arbetsdagen hade bara börjat.

***

När vi tog den första rasten klockan nio
var jag så trött att jag knappt kunde prata.

Solen gassade och myggen bet oss.
Vi hade kommit ungefär tio meter var
och alltså tjänat fem kronor per person.
Jag hade ont i ryggen, nacken,
armarna, axlarna och händerna.
Vi tuggade i oss varsin macka.

– Är du trött? frågade jag.

– Ja, fy fan, svarade Elonsson
och glodde rätt ner i backen.

Sen tände han en cigarrett.

– Nu kör vi några meter till,
sa jag efter en stund.

Jag kände mig spyfärdig,
men Elonsson verkade må ännu sämre.
Konstigt nog gjorde det mig glad.
Här handlade det om att överleva.
*With a little help from my friends.*

Vi klarade av 140 meter var den första dagen.
Jag hade tjänat 70 kronor.
Det skulle räcka till två LP-skivor
och massor av piptobak.
Om jag fortsatte att jobba i samma takt
kunde jag köpa minst tio LP-skivor i veckan.
Det var en svindlande tanke.

\*\*\*

– Hur var det? undrade mamma
när vi åt middag hemma i köket på kvällen.

– Det var tungt och varmt, men det går,
svarade jag.

– Det skulle kanske gå lättare om du klippte dig?

frågade hon.

– Knappast, sa jag.
Man jobbar med händerna, inte med håret.

Jag var oerhört trött och gick upp på mitt rum.
Jag orkade varken läsa, skriva
eller lyssna på musik utan somnade
redan vid niotiden.
Men ett par timmar senare vaknade jag.
Fönstret stod på glänt och jag hörde
att det var gräl hos familjen Kekkonen.

– Din satans hora! Jag ska nog fan lära dig!
vrålade Kalevi Kekkonen.

Sen hördes ett brak och glas som krossades.

– Är du tokig? Ska du slå sönder hela huset?
skrek Ester Kekkonen.

Jag steg upp ur sängen
och öppnade fönstret på vid gavel.
Det lyste från bottenvåningen
hos familjen Kekkonen.

Det lät som om Kalevi var berusad.
Han svor på finska.

– Perkele! Perkele! skrek han.

Ljuset tändes i Signhilds fönster.
Jag såg att lamporna också tändes
hos våra andra grannar, familjen Fredriksson.
De var väl nyfikna förstås
och undrade vad som hände.

Skriken och oväsendet från familjen Kekkonen
fortsatte några minuter till.
Sen blev det tyst.
Jag tittade på klockan, den var nästan tolv.

Fan, om sex timmar ska jag upp,
göra matsäck och sen cykla till torvmossen
och slita, tänkte jag.
Nu skiter jag i er, Kalevi och Ester Kekkonen!
Gå och lägg er och håll käften!
Låt oss hederliga arbetare få sova i fred!

Jag drog igen fönstret
och stapplade tillbaka till sängen.

# Någonting håller på att hända

Jag drömde om Signhild den natten.
I drömmen gick jag in i Brundins livsmedelsaffär,
butiken där hon jobbade.
Jag gick raka vägen fram till kassan
och friade till Signhild.
Hon reste sig, kramade och kysste mig.

Jag var alldeles svettig när väckarklockan ringde.

Någonting håller på att hända, tänkte jag.
Efter den här sommaren kommer jag
att vara en annan människa.
Jag vet inte varför jag tänkte så.

En stund senare stod jag i det tysta köket
och bredde mina mackor.
Det var tidig morgon och snart dags
att cykla till jobbet med Elonsson.

\*\*\*

Vi arbetade och slet riktigt bra
den här andra dagen på mossen.

Jag och Elonsson tjänade 105 kronor var.

Under rasterna pratade vi en del
med de andra ungdomarna,
mest folk från trakten.
Det var oroligt i världen
och krig långt borta i Vietnam.
*The times they are a-changin'.*
Men oftast hade vi nog med oss själva.

Jag och Elonsson försökte charma två flickor
från Örebro. Den ena hette Ulrika
och arbetade i en väldigt trevlig liten bikini.
Hennes kompis Eva var nog egentligen snyggare,
men man kunde inte se mycket av hennes kropp.
Hon var klädd i en säckig träningsoverall.

Ulrika och Eva verkade ganska ointresserade
av Elonsson och mig.

Det var en mycket varm dag.
När vi cyklade hemåt började det åska.
Regnet vräkte ner och jag var alldeles dyvåt
när jag kom hem.

Huset var tomt.
Ingen hade lagat middag, men jag hittade
en tallrik med köttbullar i kylskåpet.

Jag tryckte i mig köttbullarna,
tog en dusch och gick upp på mitt rum.
Jag satte på den nya skivan med Bob Dylan.
Sen sträckte jag ut mig på sängen och somnade.

\*\*\*

På onsdagskvällen träffade jag Signhild.

– Hur står det till med poeten Olsson?
frågade jag.

Signhild berättade att han mest satt på sitt rum
och skrev. Ibland kunde hon höra
att han gick fram och tillbaka
och läste högt för sig själv.
Jag begrep inte varför poeten Olsson
hade valt att bo just i Kumla.

På torsdagen kom min mammas äldre bror
William på besök.
Han var en dyster karl i 50-årsåldern.
Tydligen hade han något fel på nerverna.
Han bodde långt norrut,
i Lycksele, men varje sommar kom han
och hälsade på oss några dagar.
Första kvällen brukade morbror William
sitta en stund med mamma vid köksbordet.

De brukade prata om släkten.
Men annars sa han knappt något alls.
För det mesta var han för sig själv.
Jag märkte nästan inte att han var på besök.

Morbror William kom som sagt en torsdag.
Nästa dag var fredagen den 16 juni.
Det var då det fruktansvärda hände.

Signhild kom hem på lunchrasten
och hittade sin pappa mördad i sängen.

# Mordet

Morbror William berättade senare för mig
att han hade stått på gården utanför vårt hus
och tvättat sin bil.
Det var vackert väder, solen sken
och knappt ett moln syntes på himlen.
Det var 24 grader i skuggan.

Plötsligt hördes ett skrik från andra sidan gatan.
Signhild kom ut från Kekkonens hus
och rusade rakt mot morbror William.

– Han är död! ropade hon. Pappa är död!
Det är blod överallt!
Någon har mördat pappa!

Signhild kastade sig i morbror Williams famn.
Det var nog första gången han höll
något så mjukt och vackert i sina armar.

– Flicka lilla, vad är det du säger? utbrast han.

– Min pappa! skrek hon. Han ligger där inne
och är död. Ring efter polisen!

– Är din pappa död? frågade William förvånat.
Nu skojar du allt.

Signhild blev förvirrad.
Hon kom på att hon inte kände
morbror William.
Där hängde hon i en främmande karls armar
och påstod att hennes pappa var död.
Kanske var allt bara en hemsk mardröm.

Hon tog ett steg tillbaka.
Men hon var säker på att hon inte drömde.

– Snälla, ring efter polisen! sa Signhild igen.
Min pappa är död.

Morbror William gick in och ringde till polisen.
Han berättade att Kalevi Kekkonen
hade blivit mördad i sitt hem
på Fimbulgatan i Kumla.

\*\*\*

Klockan var nästan fem på eftermiddagen
när jag kom hem från jobbet på min cykel.
I bakfickan på byxorna hade jag ett kuvert
med 460 kronor, veckans lön.
Det var mycket pengar och jag kände mig rik.

Jag tänkte åka in till Örebro
och köpa massor av LP-skivor.
Rolling Stones kanske,
eller Mothers of Invention.

Om jag vågade skulle jag fråga
om Signhild ville följa med.
Jag kunde bjuda henne på en bakelse
på konditoriet Skitiga Bullen.

När jag svängde in på Fimbulgatan
visste jag ännu inget om mordet.
Det stod tre polisbilar utanför Kekkonens hus.
Jag såg också flera polismän i uniform.

Jag parkerade cykeln på gården.
Min syster Katta kom gående mot mig.
Det syntes att hon hade gråtit.

– Mauritz, vet du vad som har hänt?
frågade hon.

Jag skakade på huvudet
och kände mig plötsligt fruktansvärt rädd.

Signhild är död, tänkte jag.
Signhild är död och jag hann aldrig berätta
för henne att jag älskar henne.

– Herr Kekkonen har blivit mördad, sa Katta.

Tack och lov, tänkte jag.
Signhild lever, tack gode gud.

# Det avhuggna huvudet

I lördagens tidning fanns en lång artikel
om mordet på Kalevi Kekkonen.
Den hade min pappa skrivit.
Han måste ha arbetat halva natten,
ringt och intervjuat poliser och andra
för att få så mycket information som möjligt.

Vi var sex personer
som åt frukost i köket den morgonen.
Efter det som hade hänt kändes det skönt
att vi var så många tillsammans.
Det var jag, Katta, mamma,
pappa, morbror William och Dubbelubbe.
Vi pratade förstås om mordet.

Signhild hade cyklat hem på lunchrasten
för att äta.
Allt tycktes vara som vanligt.
Hon gick in i huset.
Dörren var olåst trots att ingen
verkade vara hemma, inte ens poeten Olsson.
Man lämnade dörrarna olåsta
i Kumla på den tiden.

Signhild gick ut i köket, plockade fram bröd
och smör och hällde upp en tallrik filmjölk.

Plötsligt fick hon en konstig känsla.
Hon anade att något hemskt hade hänt
i hennes eget hem.
Det var som om hon hörde en inre röst
som sa åt henne att gå in i pappans sovrum.

Hon gick bort till sin pappas rum.
Dörren var stängd.
Hon tvekade och drog några djupa andetag
innan hon öppnade dörren och steg in.

Signhild stannade på tröskeln, stel av skräck.
Där låg Kalevi Kekkonen, 51 år gammal
och 112 kilo tung. Han var stendöd.

Någon hade huggit av hans huvud.
Det blodiga huvudet låg på nattygsbordet.
Det var vänt upp och ner och ur strupen
stack det upp ett ihoprullat papper.

Då rusade Signhild ut ur huset
och över gatan mot morbror William.
Hon skrek av fasa.

\*\*\*

Kalevi Kekkonen hade halshuggits någon gång
under natten mellan torsdagen och fredagen,
antagligen mellan klockan två
och sex på morgonen.
Mordvapnet hade ännu inte hittats,
men det måste ha varit en vass yxa
eller möjligen ett svärd.
Kekkonen hade mördats
med ett enda skickligt hugg.
Förmodligen hade han sovit och aldrig märkt
att en mördare smugit in i rummet.

Tre personer till fanns i huset.
Kalevis hustru Ester låg i rummet intill.
En trappa upp hade dottern Signhild
och hyresgästen Olsson sina rum.
Alla tre hade legat och sovit
och inte hört någonting.
Ytterdörren var olåst,
mördaren kunde gå rakt in i huset.

– Det måste vara en galning,
utbrast min syster.
Ett riktigt monster!
Ett yxmonster!

– Det finns inga yxmonster i Kumla,
svarade mamma.

– Han kanske bara råkade komma förbi Kumla,
fortsatte Katta.
Mördaren var kanske på genomresa.

– Det var i alla fall inte självmord,
sa Dubbelubbe.
Den saken är man säker på i polishuset.

– Det kan väl vem som helst räkna ut, sa pappa.
Hur skulle Kalevi Kekkonen
kunna hugga av sitt eget huvud?
Har du inget intressantare att avslöja?

– Kanske, svarade Dubbelubbe
och ryckte på axlarna.

Dubbelubbe jobbade inte direkt
med fallet Kekkonen.
Men han arbetade i alla fall i polishuset.
Något intressant borde han ha hört.

– Papperet som mördaren hade stuckit ner
i det avhuggna huvudet har skickats iväg
på analys, sa Dubbelubbe.
Tekniker ska undersöka papperet.

– Det skulle vara intressant att veta
vad som stod på papperet, sa pappa.

För det måste väl ha stått någonting?
Jag antar att mördaren skrev
en hälsning eller ett meddelande.

Morbror William harklade sig försiktigt.

– Varför skrev du inte om papperet i strupen
i tidningen? frågade han.

– Jag lovade polisen att hålla tyst, svarade pappa.
De vill att en del information
ska vara hemlig ett tag till.
Det är bara några få personer som vet
att mördaren hade stuckit ner ett papper
i Kekkonens strupe.

– Usch, sa min mor.
Nu tycker jag att vi pratar om något trevligt!

Det blev alldeles tyst kring köksbordet.
Ingen kom på något trevligt att prata om.

***

Jag såg inte Signhild på flera dagar.
Medan polisen undersökte deras hus
bodde hon, hennes mamma
och poeten Olsson på Stadshotellet.

På lördagskvällen gick jag ner till sjön
och spelade minigolf med Elonsson.
Vi pratade om mordet.

– Kanske var det någon från schackklubben
som tog livet av honom, sa Elonsson.

Det fanns många vittnen som kunde intyga
att Kalevi Kekkonen hade tillbringat
torsdagskvällen på schackklubben.
Han brukade gå dit
och spela schack varje torsdag.
Tydligen var han en ganska skicklig spelare.
Han hade suttit där och spelat
till klockan halv tolv.
Sen hade han gått hem.
Det var i alla fall vad man trodde.

– Kanske vann Kekkonen
över någon annan spelare.
Förloraren blev förbannad och mördade
Kekkonen för att hämnas, föreslog Elonsson.

Men jag tyckte inte
att den förklaringen lät särskilt trolig.
Jag trodde mer på att mördaren var en galning,
en främmande person på genomresa,
precis som min syster hade sagt.

På söndagen regnade det från morgon till kväll.
Jag satt på mitt rum och läste ut
Salingers *Räddaren i nöden*.
Jag började på James Joyces *Ulysses* också,
på engelska.
Jag fick slå upp många ord i ordboken
men kände mig ändå ganska duktig.
Samtidigt lyssnade jag igenom
nästan hela min skivsamling.

På kvällen kom några kriminalpoliser på besök.
De hade varit hos oss redan på fredagen
och pratat med mamma,
pappa och morbror William.
Nu ville de att jag och min syster
skulle svara på några frågor.

Jag och Katta satt i varsitt rum
med varsin kriminalpolis.
Min polis skrev ner allt jag sa
i en anteckningsbok.

Hade jag lagt märke till något särskilt
under natten mot fredagen? Kände jag till
några av Kalevi Kekkonens vänner?
Hur hade jag fått veta vad som hänt?
Vad visste jag om familjen Kekkonens hyresgäst,
poeten Olsson?

Polisen ställde massor med liknande frågor
och jag svarade så gott jag kunde.

När poliserna hade gått la jag mig på sängen
och tänkte på mordet.
Jag hade alltid tyckt ganska illa
om Kalevi Kekkonen.
Jag sörjde honom inte direkt.
Det gjorde nog inte så många andra heller.

Men fanns det någon som hatade honom
tillräckligt för att ta livet av honom?
Vem hade stoppat ett meddelande
i strupen på hans avhuggna huvud?
För det var väl någon sorts hälsning?
Vad ville mördaren säga?
Gick en mördare lös i Kumla?

Plötsligt kände jag mig rädd.
Dörren till mitt sovrum gick inte att låsa.
Det fanns ingen nyckel.
Jag drog fram skrivbordet
och ställde det framför dörren.
Nu kunde ingen komma in.

Jag la mig i sängen igen och försökte sova.

# Promenaden till sjön

Nästa morgon ringde Elonsson
strax efter klockan sex och påstod
att han var magsjuk.
Jag la på luren och gjorde färdig matsäcken.

Vädret var grått och jag hade motvind
när jag ensam cyklade iväg till jobbet.
Jag parkerade cykeln och gick över mossen
tillsammans med Ulrika och Eva.
Vi pratade om mordet på Kalevi Kekkonen.
De hade läst om det i tidningen.

När tjejerna fick veta att jag bodde alldeles in-
till brottsplatsen blev de mycket nyfikna
och började ställa en massa frågor.
Förra veckan hade de knappt pratat med mig
men nu var de väldigt intresserade.

– Vågar du och din familj bo kvar
på Fimbulgatan? frågade Ulrika.

– Än så länge har vi inga planer på att flytta,
svarade jag. Vi får se vad som händer.

Plötsligt förstod jag att många människor
pratade om vår gata.
När de hörde namnet Fimbulgatan
tänkte de på mordet på Kekkonen.
Så skulle de fortsätta att tänka.
Jag bodde i ett mordkvarter.

\*\*\*

På kvällen såg jag att det lyste
i Signhilds fönster.
Hon var hemma igen.
Jag satt och lyssnade på Beatles,
Sergeant Pepper-skivan.
*Are you sad because you're on your own?*
Efter en stund ringde jag till Signhild
och föreslog att vi skulle ta en promenad
ner till sjön. Hon sa genast ja.
Fem minuter senare träffades vi ute på gatan.

– Hur mår du? frågade jag
medan vi började promenera.

– Inget vidare, svarade Signhild.
Jag har nästan inte sovit sen i fredags.
Det är som om jag inte vågar somna.

– Det måste vara hemskt, sa jag.

Signhild nickade.

– Jag har pratat med en psykolog,
förklarade hon. Han heter Kennedy.
Jag var hos honom två timmar idag.
Jag behöver inte jobba den här veckan.
Kennedy menar att jag har fått en chock
och måste ta det lugnt några dagar.

Jag visste inte vad jag skulle säga.
Vi gick tysta en stund.
Jag la armen om henne.
Det kändes alldeles naturligt att göra det
och Signhild tog inte bort min arm.

Vi svängde ner mot sjön.
Kvällssolen värmde och jag tänkte
att jag skulle kunna gå hur länge som helst
med Signhild vid min sida.
Ett par veckor, ett år eller ett helt liv.

Vi satte oss på serveringen vid sjön
och beställde kaffe.

– Vem tror du har gjort det? frågade jag.
Vem mördade din pappa?

– Jag vet inte, svarade hon.

– Men det är något konstigt med mamma.
Vi har alltid kunnat prata om allt med varandra,
nu är hon bara tyst.
Hon säger ingenting.
Hon har förstås också fått en chock,
men ibland tror jag att det är något annat också.

Jag nickade och tände min pipa.

– Jag är rädd att hon kommer att bryta ihop,
sa Signhild.
Kanske håller mamma på att bli tokig.

Hon började gråta.
Jag lutade mig fram över bordet
och tog tag i hennes händer.
Signhilds tårar strömmade nerför kinderna.
Tårarna landade på bordet
och i hennes kaffekopp.
Jag smekte hennes händer och armar.

Jag kommer aldrig att lämna dig, Signhild,
tänkte jag.
Det måste bli du och jag.
Ingen ska skilja oss åt.

– Förlåt mig, jag måste gå och kissa,
sa Signhild och reste sig.

Jag landade i verkligheten igen.

*** 

Medan Signhild var på toaletten
tänkte jag på vad hon hade sagt om sin mamma.
Att det var något konstigt med henne,
att hon kanske höll på att bli galen.
Det var förstås inte så underligt.
En mördare hade ju halshuggit hennes man.

Sen tänkte jag på poeten Olsson.
Det var något skumt med honom.
Varför hade han dykt upp
och hyrt ett rum hos familjen Kekkonen,
bara en vecka före det fruktansvärda mordet?

Efter en stund kom Signhild tillbaka.

– Ursäkta att det tog lite tid, sa hon.
Jag var tvungen att skölja bort gråten.

– Det gör ingenting, försäkrade jag.
Vill du prata mer om det som hänt
eller ska vi snacka om något annat?

– Vi kan lika gärna prata om det,
svarade hon.

– I så fall är det en sak jag undrar, sa jag.
Hur var det mellan din mamma och pappa?
Jag hörde att de grälade något fruktansvärt
en kväll i förra veckan.

– Det har aldrig varit särskilt bra
mellan dem, svarade Signhild.
Så länge jag kan minnas har de bråkat.
De är så olika.
Jag fattar inte varför de gifte sig.
Mamma blev väl med barn. Med mig alltså.
Och så gifte de sig.

Signhild drack en klunk kallt kaffe.

– Mamma ville skiljas, sa hon sen.
Hon avskydde pappa.
Så fort jag blev stor nog att flytta hemifrån
tänkte hon begära skilsmässa.
Jag hatade också min pappa.
Om han dött på något annat sätt
hade jag nog inte sörjt honom.
Men det är så hemskt att han blev mördad.
Att någon högg av honom huvudet!

Signhild började gråta igen.

– Jag vill gå härifrån, snyftade hon.

Vi reste oss från bordet.
Jag tog med några servetter
så att Signhild kunde torka tårarna.

Vi pratade inte mer om mordet den kvällen,
inte om något annat heller.
Tysta gick vi genom stan bort mot Fimbulgatan.
Luften doftade sommar.
Jag höll armen om Signhild.

Vi skildes ute på gatan.
Hon gav mig en kram.
Sen gick vi in i varsitt hus.

# Schackdraget

När jag kom hem efter promenaden
med Signhild var klockan nästan nio.
Jag gick ut i köket för att göra mig en kopp te.
Pappa satt vid bordet.
Han hade just kommit hem från arbetet.

Han räckte mig ett papper,
där han hade skrivit något.
Jag tittade på det och läste:

*Vit bonde går två steg framåt,*
*e2 – e4, schack matt!*

– Vad är det här? frågade jag.

– Det är ett schackdrag, svarade pappa.

– Det begriper jag väl, sa jag.

Just då kom mamma in i köket.

– Frågan är vad det där schackdraget betyder,
fortsatte pappa.

Mördaren hade skrivit ner det på papperet
som stack upp ur Kekkonens skalle.

– Herregud! utbrast mamma.

***

Nästa dag var Elonsson frisk igen.
Under första matrasten på jobbet
berättade jag för honom om schackdraget.
Vi brukade inte spela schack
och hade ingen aning om
vad meddelandet betydde.
Varför hade mördaren lämnat just det draget
som ett meddelande i det avhuggna huvudet?

Det gick lätt att jobba den dagen.
Vädret var mulet och svalt.
Medan jag vände på torvbitarna
tänkte jag på Signhild.
Jag tänkte på hennes händer som jag hade smekt
när vi satt på serveringen vid Kumlasjön.
Jag tänkte på hennes ansikte och tårarna
som rann nerför hennes kinder,
och att hon faktiskt hade kramat mig
innan vi skildes åt på gatan.

Jag älskar henne, tänkte jag.

Jag hade aldrig legat med en tjej.
Jag hade förstås drömt om att få göra det,
men då gällde det andra tjejer.

När jag tänkte på Signhild
handlade det inte om sex
utan bara om ren och innerlig kärlek.
Det räckte med att jag fick vara nära henne,
röra henne försiktigt, hålla hennes hand,
gå tätt intill henne, prata och trösta.

När jag cyklade hem från mossen
på eftermiddagen kom jag plötsligt
att tänka på den där dagen i maj
då jag var på väg hem från skolan i Hallsberg.
Jag hade sett Ester Kekkonen
i en svart Volvo Amazon i Sannahed.

Hade hon sett mig? Hade hon känt igen mig?
När jag nu, en månad senare,
funderade på saken trodde jag inte det.
Allt gick så fort.
Det tog bara någon sekund för mig att gå förbi,
jag syntes nog knappt i regnet.

Men varför satt hon där?
Och vem var mannen vid hennes sida?
Jag såg aldrig hans ansikte.

Det är något konstigt med mamma,
hade Signhild sagt.

Vad då? tänkte jag.
Vad var konstigt med Ester Kekkonen?
Jag funderade på den saken hela vägen hem.
*The answer is blowing in the wind.*

\*\*\*

På kvällen ringde jag till Signhild.
Det var hennes mamma som svarade.
Hon lät ungefär som vanligt på rösten.
Ester berättade att Signhild inte var hemma.
Hon hade tagit bussen till Örebro
på eftermiddagen och inte talat om
när hon skulle komma tillbaka.

Jag tackade och la på luren.
Kanske hade Signhild åkt till Örebro
för att prata med sin psykolog.
Det var en fin kväll och jag bestämde mig för
att ta en lång promenad.
När jag kom tillbaka
skulle nog Signhild vara hemma.

När jag hade gått en stund
mötte jag poeten Olsson.

Han hade en stor svart hatt på huvudet
och rökte en lång, smal cigarr.

– Ah, min unge granne! utbrast han.
Är du ute och promenerar bort dagens oro?

Jag hade knappt sagt ett ord till honom förut
och nu visste jag inte alls vad jag skulle säga.
Han pratade så konstigt.

– Ja, jag går och funderar lite, svarade jag till sist.

– Utmärkt! sa poeten Olsson.
Världen behöver unga män som funderar.

Han log och drog ett bloss på cigarren.

– Hur länge har du varit poet? frågade jag.
Jag skriver lite dikter själv.

Han strök handen över hakan och kinderna.

– Man blir inte poet, svarade han.
Antingen är man poet eller så är man det inte.

– Kanske det, sa jag osäkert.
Men varför flyttade du till Kumla?
Det har hänt så mycket sen du kom hit.

Du flyttade in och Kekkonen blev mördad.
Om jag var poet skulle jag bo i Paris
eller London. Varför valde du den här hålan?

Olsson slängde cigarren på marken
och trampade ut glöden.

– Även ett lejon behöver vila, sa han
med ett underligt leende.
Men jag kommer nog att resa härifrån snart igen.

Jag förstod inte riktigt vad han menade.
Var det han som var lejonet som behövde vila?

– Det var ett fruktansvärt mord, sa jag.

– Det fruktansvärda är en del av våra liv,
sa han och tittade mig i ögonen.
Men det kanske vi kan prata om en annan gång.
Jag känner att inspirationen är på väg.
Nu måste jag gå hem och skriva poesi.

– Jag gillade dikterna du läste på torget, sa jag.

Poeten Olsson nickade.
Sen fortsatte vi åt varsitt håll.

# Privatdetektiven

När jag kom hem efter promenaden
satt min syster och läste Aftonbladet.
Det var nog första gången i historien
som Kumla fanns på tidningens första sida.
Där var också en bild på Kekkonens hus.
En reporter och en fotograf från Stockholm
hade varit i vår stad
och gjort reportage om mordet.

– Var är morbror William? frågade jag.

– Han reste ju hem till Lycksele i förrgår,
svarade Katta.
Visste du inte det?

Jag ruskade på huvudet. Morbror William
gjorde aldrig mycket väsen av sig.
Jag hade knappt lagt märke till honom
under hans besök, och jag märkte inte
att han reste.

– Vill du läsa? frågade Katta
och räckte fram tidningen.

Jag bläddrade genast fram sidorna om Kumla.
Reportern hade intervjuat flera personer.
Offrets änka, Ester Kekkonen,
ville inte säga särskilt mycket.
Men grannen, fru Fredriksson, pratade desto mer
om hur det var att bo i "Skräckens kvarter".
Numera låste hon ytterdörren
och stängde alla fönster på nätterna.
Annars vågade hon inte sova.

Reportern hade också intervjuat
kommissarie Vindhage som var spaningsledare.
Det var han som hade ansvaret
för fallet Kekkonen.
Han avslöjade nästan ingenting.
Han sa bara att det inte fanns någon misstänkt,
men man följde flera intressanta spår.

Jag undrade om han talade sanning,
om det verkligen fanns några spår att följa.
Det skulle väl i så fall vara meddelandet
som mördaren hade lämnat i Kekkonens strupe.

*** 

På midsommar gjorde jag inget särskilt.
Signhild och hennes mamma reste till en släkting,
men redan på söndagen var de hemma igen.

På kvällen gick jag och hälsade på hos Signhild.
Vi satt i hennes rum.
På väggarna hängde bilder på Cliff Richard
och Paul Anka. Jag tänkte
att hon verkligen hade usel musiksmak.

– Jag börjar tro att mamma är inblandad
i mordet på pappa, sa Signhild plötsligt.

Hon lutade sig bakåt i fåtöljen och blundade.
Först trodde jag att hon skulle börja gråta
men det gjorde hon inte.

Vad är det hon säger? tänkte jag.
Har Signhild blivit tokig
eller är det möjligt att hon har rätt?
Har Ester Kekkonen något med brottet att göra?

– Hur menar du? frågade jag.

Signhild öppnade ögonen
och blinkade några gånger.

– Jag tror att mamma var otrogen mot pappa,
sa hon sen. Jag är nästan säker på
att hon träffade en annan man,
att hon hade en älskare,
kanske har hon det fortfarande.

– Men det behöver väl inte betyda
att hon var inblandad i mordet,
protesterade jag.

Signhild ryckte på axlarna.

– Någon måste ju ha gjort det, sa hon.
Det måste ha funnits ett skäl, ett motiv.

– Menar du allvar? frågade jag.
Menar du verkligen att din mamma
högg huvudet av din pappa?

Signhild svarade inte.
Hon satt tyst i fåtöljen
och stirrade ut genom fönstret.

– Jag tror att du har fel, sa jag.
Även om din mamma träffade någon annan
betyder det inte att hon tog livet av din pappa.
Det är nog bara en tvångstanke du har fått,
någonting du inte kan sluta tänka på.
Kanske borde du prata med psykologen om det.

Jag reste mig, gick fram till henne
och la händerna på hennes axlar.

– Signhild, sa jag allvarligt.

– Jag tycker så mycket om dig.
Säg vad jag ska göra för att hjälpa dig.
Jag lovar att göra vad du ber mig om.
Du kan lita på mig in i döden.

Hon satt tyst en stund igen.

– Du kanske kan hjälpa mig att ta reda på
vem mammas älskare är, sa hon sen.
Jag är ganska säker på att han finns.

– Jag ska försöka, lovade jag.

Jag tittade på klockan. Det var sent.
Tidigt nästa morgon skulle jag upp och jobba.

– Jag måste gå hem, sa jag. Men jag lovar
att hjälpa dig med det här. Kom ihåg det.

Signhild reste sig upp och vi kramades länge.

\*\*\*

När jag jobbade på torvmossen nästa dag
tänkte jag på det som Signhild hade sagt.
Hon hade påstått att hennes mamma
hade en älskare, och jag hade lovat
att försöka ta reda på vem mannen var.

På sätt och vis hade jag lovat
att bli Signhilds privatdetektiv.

Vem hade huggit huvudet
av Kalevi Kekkonen den där natten?
Kunde en kvinna ha gjort det?
Det var nog möjligt om svärdet
eller yxan var tillräckligt vass.
Var Ester Kekkonen inblandad?
Vad fanns det för motiv till mordet?

På kvällen gick jag till biblioteket i Kumla
för att läsa vad tidningarna
hade skrivit om mordet.
Det tog ett par timmar att ta sig igenom
alla artiklar i Dagens Nyheter,
Svenska Dagbladet, Expressen, Aftonbladet
och några tidningar till.
Det mesta kände jag till sen förut.
Jag hade ju läst nästan allt
som pappa skrivit i Länstidningen.

Jag förstod av artiklarna
att polisen nu hade berättat om meddelandet
i Kekkonens strupe.
Man skrev om det så kallade schackspåret.
Alla medlemmar i Kumla Schackklubb
hade förhörts av polisen.

Jag vek ihop tidningarna
och la tillbaka dem i hyllan.
Sen lämnade jag biblioteket.
Egentligen var jag lika förvirrad
som när jag gick dit.
Jag hade hoppats komma närmare sanningen
om mordet på Kekkonen.
Men jag visste lika lite som förut.

# Kyssarna

Nästa dag var det varmt på torvmossen,
bortåt 30 grader och ingen skugga.
Jag jobbade i badbyxor.
Klockan ett tyckte både jag och Elonsson
att det var för hett för att arbeta.
Vi frågade Ulrika och Eva
om de ville hänga med
till Holmasjön och bada.
Det ville de gärna.

Flickorna cyklade i bikini.
Jag älskade Signhild men blev ändå upphetsad
av de två nästan nakna, brunbrända tjejerna.
Ulrika hade ett litet födelsemärke på ryggen
just ovanför kanten på trosan.

Vi parkerade våra cyklar bakom kiosken,
köpte glass och gick ner till stranden.
Det var mycket folk där.
Jag badade och satte mig sen och rökte pipa.
Jag hoppades att flickorna skulle sola topless
men de behöll behåarna på.

Jag gick tillbaka till kiosken
för att köpa en till glass och det var då
jag fick syn på poeten Olsson.

Bland alla cyklar och mopeder på parkeringen
fanns också några bilar.
Olsson stod lutad mot en svart Volvo Amazon.

Olsson var klädd i badshorts, sandaler
och en vit, kortärmad skjorta.
Han pratade med en kraftig karl med flottigt hår.

Jag smet iväg mot stranden innan de såg mig.
Nu verkade Olsson ännu mer mystisk.
Vad var det för en typ han pratade med?
Vem ägde den svarta Amazonen?
Var det den bilen som Ester Kekkonen
hade suttit i den regniga dagen i Sannahed?

Jag bestämde mig för att spana på poeten Olsson.

\*\*\*

Vid niotiden på kvällen gick jag
och Signhild ut på promenad.
Jag tog genast tag i hennes hand,
och hon lät mig hålla den.
Hon hade kort kjol och nytvättat hår.

Till en början var vi ganska tysta.
Vi gick Mossbanegatan och Kvarngatan
ut mot Viaskogen.
När vi gått över järnvägen och kom in i skogen,
stannade jag och kysste henne.
Jag hade bara kysst en tjej en enda gång tidigare.
Det hände på en klassfest.
Tjejen hette Elma
och hade just varit ute och spytt.

Att kyssa Signhild var helt annorlunda.
Först var vi lite fumliga.
Våra tänder slog i varandra.
Men vi lärde oss snabbt.
Tungorna och läpparna möttes
och det var underbart skönt.
Vi stod där i sommarnatten på en stig
i Viaskogen och kysstes.

Vi höll på ganska länge.
När Signhild tittade på klockan
var den över midnatt.
Vi började långsamt gå tillbaka genom kvarter
med tysta hus.

– Jag är så glad för det här, sa Signhild
efter en stund. Allt annat är så hemskt.
Men vi har varandra, du och jag.

Hon gav mig en puss på kinden och skrattade,
men sen blev hon allvarlig.

– Jag ska resa bort ett tag, sa hon.

– Resa bort? Vart då? frågade jag.

– Jag ska åka till Tygelsjö, svarade Signhild.
Det ligger i Skåne, nästan vid havet.
Mamma har en kusin där som jag ska bo hos.
Jag får tre veckors semester och reser på lördag.

Jag kände mig väldigt besviken
och visste inte vad jag skulle säga.
Jag hade precis kysst Signhild för första gången
och nu skulle hon resa bort, lämna mig.

– Jaså, du åker redan på lördag, sa jag.

Signhild nickade. Vi sa inget mer.
Tysta gick vi hem mot Fimbulgatan.

\*\*\*

Signhilds tåg gick klockan elva på lördagen.
Jag följde henne till stationen.
Hon hade en rutig resväska av tyg
och en liten ryggsäck.

Jag tog väskan på pakethållaren
på min cykel och ledde den.

Jag kände mig sorgsen.
Solen sken, fåglarna kvittrade
men jag mådde dåligt.
Jag ville inte skiljas från Signhild.

På bänkarna på perrongen
satt tre gamla gummor och Klapp-Erik.
Han skulle tydligen till Hallsberg och roa sig.
Vi gick längst bort och ställde ner väskan
och ryggsäcken. Jag tittade på klockan.
Om sju minuter skulle tåget gå.

Jag såg på Signhild och la mina händer
på hennes axlar.
Hon var en decimeter kortare än jag.
Hon tittade på mig med sina vackra ögon
och jag fick nästan panik, började nästan gråta.

Hon får inte lämna mig, tänkte jag.
Om hon lämnar mig dör jag. Nu dör jag.

Signhild log. Vi började kyssas.
Sen kom tåget och hon for iväg.

# På spaning

Det hade gått drygt två veckor sen mordet.
Jag hade bestämt mig
för att skugga poeten Olsson
och kolla vad han gjorde på dagarna.
Jag tog fram ett anteckningsblock
och skrev ner några frågor.

*Vem är poeten Olsson?*
*Var kommer han ifrån?*
*Varför bor han hos familjen Kekkonen?*
*Känner han sen tidigare någon i familjen?*
*Vem i så fall?*
*Kan poeten Olsson vara Ester Kekkonens älskare?*
*Var det han som högg huvudet av hennes man?*

Jag satt och spanade ut genom mitt fönster.
Strax efter klockan sex på kvällen
såg jag att Olsson lämnade huset
på andra sidan Fimbulgatan.
Jag skyndade mig genast ut
och följde efter honom.
Vi hade bara gått hundra meter
när han vände sig om och fick syn på mig.

– God kväll, min unge riddare! sa han.
Vart är du på väg?

Jag påstod att jag skulle gå till kiosken
och köpa piptobak.

– Då kan vi promenera tillsammans, sa han.
Det är en skön kväll, inte sant?

Jag nickade men sa ingenting.

– Du verkar dyster, sa han.
Är det för att unga Signhild
har försvunnit söderut?

Jag blev röd om kinderna och tänkte att jag
förmodligen var världens sämsta privatdetektiv.
Jag hade följt efter Olsson för att ta reda på
vem han egentligen var.
Men han upptäckte mig först
och började ställa frågor.
Det var jag som borde förhöra honom.

– Ska du bo kvar hos Kekkonens?
undrade jag.

– Ja, tills vidare i alla fall, svarade han.
Men ingen vet hur länge jag stannar där.

– Hur går det med författandet?
Skriver du någon poesi?

– Inte för tillfället, muttrade jag.

Ingen av oss sa något mer på ett tag.

\*\*\*


Mellan några granar bakom Kekkonens hus
fanns ett gammalt lågt skjul.
På kvällen klättrade jag upp på skjulets tak.
Därifrån kunde man se rakt in
till familjen Kekkonen.

Klockan var strax efter tio.
Jag låg där på magen och spanade
mellan trädgrenarna mot Kekkonens hus.
Ljuset var tänt både i köket och i vardagsrummet.
Plötsligt såg jag Ester Kekkonen
och poeten Olsson komma in i köket.
De satte sig på varsin sida av bordet.
Fru Kekkonen reste sig igen,
hämtade två glas och en flaska vin.

Poeten Olsson tände en cigarr.
Ester Kekkonen tände en cigarrett
och hällde vin i glasen.

Där satt de och pratade, drack och rökte.

Hon sträckte fram sina händer
och tog tag i hans.
Poeten Olsson var knappast en vanlig hyresgäst.
Han och fru Kekkonen måste känna varandra
sen tidigare.
Nu var jag helt säker på
att han var hennes älskare.
Signhild hade haft rätt.
Hennes mamma träffade en annan man.

*** 

En stund senare låg jag i sängen i mitt rum
och hade svårt att somna.
När jag blundade
såg jag poeten Olsson framför mig,
hur han smög in i Kalevi Kekkonens sovrum
och högg av honom huvudet.
Antagligen hade Signhilds mamma
bett Olsson att mörda maken.

Hur skulle jag säga det till Signhild?
Jag var tvungen att berätta.
Hon hade haft rätt i sina misstankar.
Hennes mamma hade en älskare
och hon var inblandad i mordet.

Hur skulle Signhild reagera
när hon fick veta det?

Jag bestämde mig för att kontakta
spaningsledaren, kommissarie Vindhage.
Nästa dag tänkte jag ringa
ett anonymt telefonsamtal till honom.
Utan att säga vem jag var
skulle jag ge honom lösningen
till mordgåtan på Fimbulgatan.

Jag hörde att det regnade i kastanjeträdet
utanför mitt fönster.
Sen somnade jag äntligen.

# Kommissarie Vindhage

På söndagen åkte mamma och pappa bort.
De skulle hälsa på en släkting några dagar.
Min syster var inte heller hemma.
Hon hade semester och bodde
hos pojkvännen Dubbelubbe i Örebro.

Jag tog fram telefonkatalogen
och letade fram numret till polishuset.
Sen lyfte jag luren och ringde upp.
Det var en dam som svarade.

– Jag vill tala med kommissarie Vindhage,
sa jag med bestämd röst.
Det gäller mordet på Kalevi Kekkonen.

– Kommissarien är inte här,
ni får återkomma i morgon, svarade damen.

– Jag har upplysningar som är mycket viktiga
för mordutredningen, fortsatte jag.

Men damen bara upprepade
vad hon redan hade sagt.

Kommissarien var inte där.
Antagligen var hon dum i huvudet.
Vindhage fanns säkert någonstans i polishuset.
Visserligen var det söndag
men han hade hand
om en viktig mordutredning.
Jag trodde knappast att han var ledig.

Jag la på luren och svor tyst åt damen
som hade stoppat mitt samtal.
Jag bestämde mig
för att skriva ett brev istället.

*Bäste kommissarie Vindhage,*
*Vissa fakta om mordet på Kalevi Kekkonen*
*har kommit till min kännedom.*

Jag försökte skriva på ett gammaldags
och krångligt sätt.
Jag ville inte att kommissarien skulle ana
att en långhårig 16-åring hade skrivit brevet.
Det var bättre att han trodde
att en äldre person hade skickat det.
Då skulle han ta det mer på allvar.

Det tog en bra stund
innan jag var nöjd med brevet.
Jag undertecknade med August Strindberg.

Sen la jag papperet i ett kuvert,
skrev ner adressen, satte på ett frimärke,
tog en promenad till brevlådan
och postade brevet.

Kanske borde jag inte ha skrivit brevet.
Jag hade avslöjat att Ester Kekkonen
och poeten Olsson hade ett förhållande.
Jag kände mig som en förrädare.
Vad skulle Signhild tycka?

***

Det gick några dagar.
Jag och Elonsson cyklade till torvmossen
tidigt varje morgon, arbetade och slet.

I Kekkonens hus verkade allt vara lugnt.
Då och då såg jag Signhilds mamma.
Ibland var hon ensam,
ibland tillsammans med poeten Olsson.
Men inga poliser syntes till.
Kommissarie Vindhage borde ha fått mitt brev
på måndag förmiddag.
Nu var det onsdag.
Jag förstod inte varför fru Kekkonen
och Olsson fortfarande var fria.
Polisen borde ha gripit dem.

Efter jobbet cyklade jag till Kumlasjön
och badade.
Klockan var nästan sju när jag kom hem.
Precis när jag kom innanför dörren
ringde telefonen.
Det var kommissarie Vindhage.

– Är det Mauritz Målnberg jag talar med?
frågade han.

– Ja, det stämmer, svarade jag.

– Har du skrivit ett brev till mig
om mordet på Kalevi Kekkonen? fortsatte han.
Det är undertecknat med namnet
August Strindberg.

Hur fasen kan han veta att brevet är från mig?
hann jag tänka.

Jag svalde några gånger.

– Ja, det är jag som har skrivit brevet,
sa jag till sist.

– Vi borde prata med varandra, sa Vindhage.
Jag vill att du kommer hit till polishuset
i morgon förmiddag vid elvatiden.

Passar det?

– Jag jobbar men jag kan ta ledigt, svarade jag.
Det ska nog gå bra.

– Utmärkt, sa Vindhage och la på luren.

\*\*\*

Nästa dag tog jag tåget till Örebro.
Jag kände mig väldigt nervös
när jag kom in i polishuset.
Jag gick fram till en dam vid en disk
och frågade efter kommissarie Vindhage.
Hon talade om på vilken våning
han hade sitt kontor.

Vindhage mötte mig när jag klev ur hissen.
Han var en mager karl i 60-årsåldern
med grått hår, vit skjorta och slips.

– Välkommen, sa han.

– Tack, svarade jag.

Han gick före mig genom en lång korridor.
Längst bort låg hans kontor.
Vi satte oss på varsin sida om skrivbordet.

– Det är alltså du som har skrivit det här brevet,
sa han och höll upp det framför mig.

Jag nickade.

– Jag vill varna dig för att leka privatdetektiv,
fortsatte kommissarien.
Det kan vara farligt.
Jag vill också att du ska veta
att vi som har hand om mordutredningen
arbetar hårt och effektivt.
I ditt brev låter det som om du tror
att vi är rena amatörer, att vi poliser
är ett gäng klantiga idioter.

– Förlåt, jag menade inte så, svarade jag.

– Det var i alla fall bra att du hörde av dig,
sa Vindhage.
Vi är tacksamma för alla tips.
Ditt brev handlar ju framför allt
om förhållandet mellan Ester Kekkonen
och poeten Olsson.
Du har missförstått deras relation.
Fru Kekkonen hette också Olsson
innan hon gifte sig.
Hon och poeten är faktiskt syskon,
syster och bror.

Jag kände mig plötsligt yr
och blundade några sekunder.


– Poeten Olsson är fyra år yngre än sin syster,
fortsatte Vindhage.
Under många år levde han utomlands.
Vi har tagit reda på ganska mycket om honom.
Han är homosexuell, och jag tror absolut inte
att han har någon sexuell förbindelse
med sin syster.
Dessutom har han alibi för mordnatten.
Det finns en person som kan bevisa
att Olsson var på en annan plats.
Han är oskyldig.


– Är ni säkra på det?
frågade jag med osäker röst.


Vindhage ryckte på axlarna.


– Absolut säker ska man aldrig vara,
svarade han.
Först påstod Olsson att han varit
i Kekkonens hus under mordnatten.
Men det var för att han ville dölja
att han tillbringat natten
hos en manlig vän i Örebro.
Det berättade han senare.

Den manliga vännen har intygat
att det stämmer. Olsson har alltså alibi.
Det var inte han som mördade Kalevi Kekkonen.

Kommissarie Vindhage tittade på klockan.

– Har du några fler frågor? undrade han.

Jag skakade på huvudet,
men sen ångrade jag mig.

– Hur fick ni reda på att det var jag
som skrev brevet? frågade jag.

– Vi har våra metoder,
sa kommissarie Vindhage och log.

Han reste sig. Jag reste mig.
Vi skakade hand och jag lämnade rummet.

När jag kom ut ur polishuset sken solen.
Jag kände mig alldeles förvirrad.
Poeten Olsson och Ester Kekkonen var syskon.
Jag bestämde mig för att gå
till närmaste musikaffär
och köpa minst två nya LP-skivor.

# Tillsammans igen

Jag och Elonsson fortsatte vårt arbete
på torvmossen fram till sista veckan i juli.
Om knappt en månad skulle skolan börja igen,
fram till dess var jag ledig.
Jag hade tjänat drygt 4 000 kronor
på mitt sommarjobb.
Jag köpte en ny pipa, två par jeans
och fjorton nya LP-skivor.

Den första augusti fyllde jag 17 år.
Signhild fyllde år tre dagar senare,
men det var inget vi kunde fira tillsammans
eftersom hon hade stannat kvar i Skåne
längre än planerat.

Hemma på Fimbulgatan hände inte mycket.
Jag satt mest på mitt rum, lyssnade på Bob Dylan,
läste *Främlingen* av Albert Camus
och *Stäppvargen* av Hermann Hesse.

Poeten Olsson bodde kvar i Kekkonens hus.
Han och Ester satt ofta ute i trädgården
och pratade.

Det var en fin sommar
med många soliga dagar och ljumma kvällar.
Ibland drack de kaffe, ibland öl.

Jag hörde inget nytt
om mordet på Kalevi Kekkonen.
Allt var lugnt, nästan lite långtråkigt.
Men den 11 augusti hände äntligen något.
Jag fick ett vykort från Signhild.
Hon skulle komma med ett tåg till Kumla
nästa dag, klockan halv tio på förmiddagen.
Hon undrade om jag kunde möta henne.

Jag hade svårt att sova den natten,
jag låg vaken och tänkte på Signhild.

\*\*\*

Nästa morgon gick jag till järnvägsstationen,
satte mig på en bänk på perrongen och väntade.
Jag rökte pipa och hade hjärtklappning.

Till sist såg jag tåget komma.
Bromsarna gnisslade när tåget saktade in.
Jag reste mig och trodde att jag skulle svimma.
Tänk om Signhild inte var ensam,
tänk om hon steg av tåget hand i hand
med någon snygg kille hon träffat i Skåne!

Det dröjde en stund
innan jag fick syn på henne.
Hon hade vita jeans, vita gymnastikskor,
och en randig tröja, blå och vit.
Vi gick mot varandra, stannade,
stod stilla och såg på varandra.
Sen satte hon ner väskan och kramade mig.

– Hej, jag har längtat efter dig, sa Signhild.
Jag svalde ett par gånger och kände mig lycklig.

– Jag har också längtat, fick jag fram till sist.
Det är skönt att du är tillbaka.

Jag tog hennes väska i ena handen
och la den andra på hennes axel.
Medan vi sakta började gå mot Fimbulgatan
berättade jag vad kommissarie Vindhage
hade sagt.
Poeten Olsson var bror till Signhilds mamma.

– Är det verkligen sant? utropade Signhild.
Skulle poeten Olsson vara min morbror?
Varför har ingen sagt något?
Vad ska jag göra nu?
Ska jag gå hem och säga: Hej, morbror!
Så festligt att du höll dig hemlig! Hej mamma!
Vilken överraskning att du har en brorsa!

Jag visste inte vad jag skulle svara.
Vi gick tysta en stund.

– Det är nog bäst att du inte säger något alls,
sa jag till slut.
Vänta lite.
Kanske berättar de själva att de är syskon.

Signhild funderade.

– Ja, det är kanske lika bra att jag håller tyst,
sa hon sen.
Egentligen vill jag inte veta något mer
om vare sig poeten Olsson eller mamma.
Ett tag trodde jag att han var hennes älskare.
Men jag struntar i om hon har en älskare.
Det får vara nog nu.
Jag vill inte ens bo kvar hemma.
Allt har blivit så konstigt och hemskt.
Jag tänker flytta hemifrån!

Jag sa ingenting, men jag ville inte
att Signhild skulle flytta.
Jag önskade att hon skulle vara kvar
på Fimbulgatan, nära mig för alltid.

\*\*\*

På kvällen åt min familj middag tillsammans.
Jag, mamma, pappa och min syster
satt runt bordet.
Det hände inte så ofta.
Dubbelubbe var också där.

– Urban och jag har bestämt oss,
sa Katta plötsligt.
Vi ska förlova oss och flytta ihop.
Vi har fått en lägenhet, en tvåa i Örebro.

Vi skålade för min syster och Dubbelubbe.
Sen reste jag mig och tackade för maten.
Jag gick tvärs över gatan till Signhild.

Hon blev glad att se mig.
Vi satt i hennes rum och pratade.

– Mauritz, jag tycker så mycket om dig,
sa hon plötsligt.

– Signhild, jag tycker mycket om dig också,
svarade jag.

– Men allt är så rörigt just nu, fortsatte hon.
Det är så mycket med pappa
och mamma och allt.
Det känns som om jag behöver dig.

– Det är väl inget fel med
att du behöver mig, sa jag.

Vi såg varandra djupt i ögonen.
Sen började vi kyssas.
Det var lika ljuvligt som när vi kysstes
för första gången i Viaskogen.
Kanske var det till och med
ännu ljuvligare nu.
*All you need is love.*

# Rykten och skvaller

Det började gå rykten om Ester Kekkonen.
Folk i Kumla pratade och skvallrade om henne.
Det hade gått två månader
sen mordet på hennes man.
Förut brukade fru Kekkonen arbeta
på Sveas konditori, men när jag gick dit en dag
syntes hon inte till.
Kanske var hon sjukskriven.

Jag gick in på konditoriet för att köpa
en Pommac och två kanelbullar.
Vid ett bord satt två tanter med blommiga blusar.
De skvallrade om Ester Kekkonen.

– Hon jobbar nog inte kvar här,
sa den ena tanten och tittade sig omkring.
Hon har väl fått sparken.
Det är konstigt förresten att hon får gå lös.
Hon borde sitta i fängelse.

Jag stod vid disken och väntade på
att expediten skulle bli ledig.
Det var en ung, söt tjej med hästsvans.

Jag hade aldrig sett henne förut.

– Ja, nog borde polisen begripa
hur det ligger till, sa den andra tanten.
Och nog undrar man
vem den där hyresgästen är, den där poeten.
Jag undrar allt vad han och Ester Kekkonen
håller på med på nätterna.

Just då kom expediten fram till mig.

– Vad får det lov att vara? frågade hon.

– En Pommac och två kärringjävlar,
svarade jag.
Förlåt, vad säger jag?
Två kanelbullar menar jag.
Jag måste ha tänkt på något annat.

Kärringarna vid bordet blev alldeles tysta.
Expediten fnissade till.

Jag betalade och fick läsken och bullarna.
Sen lämnade jag snabbt konditoriet.

*** 

Senare samma dag träffade jag Elonsson.

– Det sägs att fru Kekkonen
har något med mordet att göra, sa han.

– Vad snackar du om? frågade jag ilsket.

– Jag berättar bara vad jag har hört,
svarade Elonsson.
Det sägs att det var hon som höll i yxan.
Eller så halshöggs hennes man
av en karl som hon hade ihop det med.
Varför låter du så arg?

– Skit i det du, sa jag.
Jag tycker inte om när folk snackar en massa
fast de inget vet.

Elonsson var tyst ett tag.

– Det snackas om annat också, sa han sen.
Om dig och Signhild.
Några killar från skolan såg er stå och hångla
på perrongen när hon steg av tåget häromdagen.

Fan också, tänkte jag först.
Men sen kände jag mig stolt.
Folk skvallrade om Signhild och mig.
De hade sett oss kramas på stationen
och förstått att vi var ett par.

– Det är ju inget du behöver skämmas för,
sa Elonsson. Fulare tjejer finns det gott om.

\*\*\*

Signhild hade börjat arbeta igen
i Brundins livsmedelsaffär.
Men en fredag kom hon hem från jobbet
mitt på dagen.
Jag höll på att klippa gräset.
Jag såg Signhild komma cyklande.
Storgråtande kastade hon ifrån sig cykeln
och rusade in i huset.
Jag följde efter henne upp till hennes rum.

– Vad är det som har hänt? frågade jag.

Signhild låg på mage på sängen och grät.
Jag satte mig intill henne
och klappade henne över håret och ryggen.
Efter en stund slutade hon gråta.
Hon drog ett djupt andetag.

– De pratar om mamma i affären, sa hon.
De säger att hon var inblandad i mordet.
Jag vill aldrig mer gå dit.

– Strunta i dem, sa jag.

– Fattar du hur det känns? fräste Signhild.
Skvallret i affären är hemskt att höra på!

– Har du pratat med din mamma?
frågade jag.

Hon skakade på huvudet
och blinkade bort några tårar.

– Nej, jag vågar inte fråga om mordet,
svarade hon.

– Du borde kanske göra det, föreslog jag.
Har du berättat att du vet
att Olsson är hennes bror?

Signhild skakade på huvudet igen.
Kanske ställde jag för många frågor.
Jag borde hålla henne i mina armar istället,
krama och trösta henne.

– Jag tycker att du ska prata
både med din mamma
och med poeten Olsson, sa jag.
Om du vill kan jag vara med.
Vi kan snacka med dem i morgon.

Hon funderade en stund.

– Okej, sa hon till sist. Det är nog lika bra.
Du får gärna vara med.
Jag ska fråga mamma om vi kan ha ett samtal
i morgon. Jag ringer dig.

Jag reste mig, gav henne en hastig kram.
Sen gick jag hem och lyssnade på musik
i väntan på att Signhild skulle ringa.

Men Signhild ringde inte på hela kvällen,
och det blev inget samtal nästa dag.
Tidigt på morgonen vaknade jag av
att poeten Olsson startade sin motorcykel.
Jag skyndade mig upp ur sängen
och tittade ut genom fönstret.

Olsson var klädd på samma sätt
som när han kom till Fimbulgatan
första gången i början av juni.
Han hade mörkbruna skinnkläder
och läderstövlar som gick ända upp till knäna.
Han drog ner hjälmen över sitt långa hår.
Sen petade han in en växel, drog på gas
och körde ut genom grinden.
Det skulle dröja nästan fyra månader
innan jag såg poeten Olsson igen.

# Signhild flyttar in

Det blev skolstart.
Höstterminen började.
Jag skulle gå mitt sista år
på gymnasiet i Hallsberg.
Men mitt hjärta fanns någon annanstans.
Mitt hjärta fanns hos Signhild i Kumla.
Jag tänkte alltid på henne på eftermiddagarna
när jag cyklade hem från skolan.
Men vi träffades sällan
under höstterminens första veckor.

Min syster Katta flyttade till en lägenhet
i Örebro med Dubbelubbe.
Kattas rum blev ledigt.
Jag kunde flytta in där när jag ville.
Hennes rum var större och hade balkong,
men utsikten var åt fel håll.
Jag stannade i mitt gamla rum
där jag kunde se Kekkonens hus
och Signhilds fönster.

De få gånger jag träffade Signhild
gick vi långa promenader till Viaskogen.

Det var ganska dystra vandringar,
det regnade oftast och vi sa inte mycket.

Jag försökte få igång samtal,
men Signhild hade ingen lust att prata.

– Vi kan väl bara gå och vara tysta, sa hon.
Håll mig i handen!
Då känner jag mig trygg.

Jag gjorde förstås som hon ville.
Det var ju bra
om hon kände sig trygg med mig.
Vi gick hand i hand och kramades ibland.
Men det blev inga kyssar, inte än.

Så kom dagen då allt förändrades,
den 9 september.

\*\*\*

Signhild ringde mig tidigt på morgonen.
Det var en lördag.
Klockan var bara halv åtta.

– Hej, det är jag, sa hon.
Jag måste prata med dig.
Kan du komma över?

– Har det hänt något? frågade jag.

– Kom över så berättar jag, svarade hon.

Jag lovade att vara hos henne
om en liten stund.

Tio minuter senare satt jag bredvid Signhild
på hennes säng.
Hon såg mycket trött ut,
som om hon inte hade sovit alls under natten.

– Det går inte längre nu, sa hon.
Jag tror jag blir tokig.

– Vad är det som har hänt?
frågade jag och tog hennes hand.

– Hon är på smällen, gravid, svarade hon.
Min mamma alltså. Hon ska ha en unge.

– Det menar du inte! utbrast jag dumt.

– Det är klart att jag menar det, sa Signhild.
Hon är i sjätte månaden.
Det berättade hon igår.
Jag borde ha förstått det.
Det syns ju på hennes mage att hon är gravid.

– Jag står inte ut.
Jag var ute och gick i flera timmar i natt.

– Jag älskar dig, sa jag. Du skulle ha ringt.
Då hade jag följt med dig.

Signhild satt tyst en stund.

– Det är inte pappa som är far till ungen,
sa hon sen.
Det är den där andra mannen.
Jag har ju förstått att hon har en älskare.
Men mamma vägrar säga vem han är.
Jag orkar inte längre.
Hur tror du att det känns?

– Det måste kännas för jävligt, sa jag.

– Precis, sa Signhild.
Min pappa är mördad och mamma
är på smällen med en hemlig älskare.
Jag önskar att jag aldrig blivit född.

– Jag är väldigt glad att du är född,
sa jag och tog henne i min famn.

Då började hon gråta, men efter en stund
lugnade hon ner sig.

Jag torkade bort hennes tårar med mina händer.
Hon gick ut på toaletten och snöt sig.


– Alla kommer att fatta
att pappa inte är far till ungen,
sa Signhild när hon kom tillbaka.
Jag måste flytta härifrån.
Annars blir jag galen.
Jag vill inte bo tillsammans med mamma längre.


Plötsligt fick jag en idé.


– Katta har flyttat ihop med Dubbelubbe
i Örebro, berättade jag.
Hennes rum är ledigt.
Du kan väl flytta in där så länge?

*** 


Redan nästa dag flyttade Signhild
tvärs över Fimbulgatan till Kattas rum.
Pappa och mamma hade pratat
med Ester Kekkonen om saken.
Alla tyckte att det var en bra lösning,
åtminstone tills vidare.


Det kändes som om det var
den viktigaste dagen i mitt liv.

Signhild och jag bodde i samma hus.
Våra rum låg bara några meter från varandra.
Det var nästan som om vi bodde ihop.

De tre första nätterna sov jag knappt en blund.
Det var helt enkelt omöjligt att sova
när Signhild fanns så nära.

# Första natten tillsammans

Det hade gått ungefär en vecka
sen Signhild flyttade in i vårt hus.
En kväll satt Elonsson och jag i mitt rum
och pratade om "fallet Kekkonen".
Mordet kallades så i tidningarna.

Nu visste hela Kumla
att Ester Kekkonen var gravid.
Det syntes på henne.
Folk skvallrade om henne hela tiden.
De flesta visste också
att Signhild hade flyttat hemifrån,
och att både mor och dotter gick arbetslösa.
Signhild hade sagt upp sig
från sitt jobb i Brundins livsmedelsaffär.
Och Ester hade inte synts till på Sveas konditori
på hela sommaren.

Det konstiga var att fru Kekkonen
verkade strunta i folks skvaller och prat.
Hon skämdes inte alls.
Istället såg hon stolt ut när hon gick omkring
på stan med sin stora mage.

Hon vände aldrig bort blicken
när hon mötte folk på gatan eller i affären.
Hon såg dem i ögonen utan att skämmas.

– Om vi bara visste vem som är far till barnet
skulle vi veta vem som är mördaren,
sa Elonsson. Jag är nästan säker på
att Ester Kekkonens älskare
högg huvudet av hennes man.

Jag höll med. Det var nog så de flesta tänkte.
Frågan var bara vem hennes älskare var.

Vi pratade om meddelandet
som mördaren hade stoppat ner
i offrets avhuggna strupe,
ett papper med ett schackdrag.
Vi snackade också om poeten Olsson
som hade dykt upp så plötsligt
några veckor före mordet.

– Och sen stack han lika plötsligt igen, sa jag.

Vi satt tysta en stund.
Sen bytte Elonsson ämne.

– Hur mår den sköna Signhild då? frågade han
och pekade mot Kattas gamla rum.

Jag svarade inte.

– Nej, nu är det dags att plugga matte,
sa jag istället.

Det var egentligen därför
som Elonsson hade kommit på besök.
Vi skulle plugga matte
eftersom vi hade prov nästa dag.

***

Det gick en vecka till.
På nätterna hade jag fortfarande svårt att sova
när jag tänkte på att Signhild låg
i rummet bredvid.
Men det konstiga var
att jag knappt såg till henne.
Jag blev allt mer säker på att hon undvek mig.
Varför knackade hon aldrig på min dörr
och frågade om vi skulle göra något tillsammans?

En söndag förmiddag gick jag in till henne.

– Varför undviker du mig? frågade jag rakt ut.

– Jag vet inte, svarade Signhild
och såg förvirrad ut.

– Jag vet inte längre vad jag känner.
Det är som om jag måste stänga av
alla mina känslor. Annars går jag sönder.
Min psykolog, Kennedy, säger att det är bra
om mina känslor får vila.
Det har hänt så mycket på sista tiden.
Han tycker inte att jag ska ha
något förhållande just nu.

Den där jävla Kennedy, tänkte jag tyst.
Kyss dig i röven, Kennedy!

– Jag älskar dig, Signhild, sa jag högt.

– Jag vet. Jag älskar nog dig också, svarade hon.
Men just nu är jag osäker på mina känslor.

Jag satte mig på sängen bredvid Signhild
och tog hennes hand.

– Jag tänker inte fria till dig, sa jag.
Men vi kan väl i alla fall träffas ibland?
Hänger du med till Hallsberg i kväll?
Ett rockband spelar på Grottan.

Hon tvekade några sekunder. Sen nickade hon.

\*\*\*

Bandet som spelade på rockklubben i Hallsberg
var ganska dåligt.
Men jag och Signhild dansade några danser
och hon såg glad ut.

Medan vi väntade på tåget tillbaka till Kumla
köpte vi varsin korv.
Sen stod vi en lång stund på perrongen
och kramades och kysstes.
Från stationen promenerade vi hand i hand
hem mot Fimbulgatan.

– Jag tänker komma över och sova hos dig i natt,
sa jag när vi hade kommit ungefär halvvägs.

Signhild stannade upp och släppte min hand.
Det var mörkt och hade börjat regna.
Jag undrade vad hon tänkte.
Vad hade jag egentligen sagt?
Nu var hon kanske arg,
skulle slå mig på käften
och lämna mig för alltid.
Jag tänkte just säga att jag bara skojade
när hon gav mig en puss på kinden.

– Okej, vi säger så, sa hon.

Jag kunde inte tro att det var sant.

\*\*\*

Jag var länge på mitt rum
innan jag gick in till Signhild.
Jag var mycket nervös.
Jag hade sagt att jag skulle *sova hos* henne.
Var det samma sak som att *ligga med*
eller *älska med* henne?
Vad hade jag menat
och vad hade Signhild trott?

Nästa fråga var vad jag skulle ha på mig
när jag gick in till henne.
Randig pyjamas? Kalsonger och tröja?
Eller var det bättre att komma naken?
Nej, aldrig i livet!
Till sist bestämde jag mig
för pyjamasbyxor och T-shirt.

Jag tog fram två kondomer
och stoppade dem i fickan.
Sen borstade jag tänderna
och tassade iväg till Signhilds rum.
Jag tryckte ner handtaget utan att knacka
och steg in.
Hon låg i sängen och låtsades läsa.

– Hej, jag kommer nu, sa jag.

– Ja, viskade hon och la ifrån sig boken.
Men vi måste vara tysta
så att dina föräldrar inte hör oss.

Jag nickade. Hon vek upp täcket.
Hon hade ett kort, tunt nattlinne på sig.
Klumpigt kröp jag ner i sängen hos Signhild
och märkte att jag darrade.

– Jag känner mig lite blyg, sa hon.
Det är första gången
jag ligger i samma säng som en pojke.

– Säger du det? sa jag.

– Har du varit i säng med en flicka någon gång?
frågade hon.

Jag tänkte efter.

– Nej, jag tror inte det, svarade jag.

– Det skulle du nog komma ihåg,
sa Signhild och fnissade.
Det är varmt.
Jag vill att vi klär av oss nakna.

\*\*\*

Klockan fyra på morgonen
skickade Signhild iväg mig, vänligt men bestämt.

– Vi måste sova ett par timmar också, sa hon.
Du ska väl till skolan i morgon?

Jag nickade.

– Jag måste också upp tidigt, fortsatte hon.
Jag har sökt jobb i en klädaffär i Örebro.
I morgon ska jag dit på intervju.
Om de vill ha mig börjar jag genast.

– Det är klart att de vill ha dig, sa jag.
Jag vill ha dig hela tiden.

– Det är väl skillnad, sa Signhild och log.
Smyg iväg till ditt rum nu, Mauritz.
Jag lovar att jag kommer
och sover hos dig i morgon natt.

# Brev från Herr P

Jag och Signhild älskade med varandra
tre nätter i rad.
Onsdag kväll var vi så trötta
att vi var tvungna att ta en paus.

– Vi måste sluta sova hos varandra varje natt,
sa Signhild och gäspade. Jag behöver lite sömn.
Du behöver nog också sova.

– Du har kanske rätt, svarade jag.
Vi ska väl inte hålla på varje natt.
Fast jag älskar dig, om du lämnar mig dör jag.

– Jag tänker inte lämna dig, sa Signhild och log.
Men jag måste gå och lägga mig nu.

Jag tittade på klockan.
Den var kvart över sju på kvällen.
Signhild hade fått arbetet hon sökt
i affären i Örebro.
Hon var tvungen att stiga upp
tidigt på morgnarna för att hinna med tåget
och komma i tid till jobbet.

Det var klart att hon behövde sova.

– Okej, jag ska i alla fall plugga lite, sa jag.
Jag kommer in och pussar dig god natt sen.

– Gör inte det, sa Signhild.
Då sätter vi bara igång igen.
Jag är faktiskt lite öm, där nere alltså.

Jag rodnade och lovade min älskade
att låta henne vara i fred under natten.
Hon lämnade mig och gick in i sitt rum.
Jag satte mig vid skrivbordet för att plugga.

\*\*\*

Folk hade nästan tappat intresset
för mordet på Kalevi Kekkonen.
Det hade gått snart fyra månader,
och polisen verkade fortfarande
inte ha några spår.
Men i början av oktober hände en sak
som gjorde att folk började prata igen.

Någon hade skickat ett anonymt brev
till kommissarie Vindhage på polishuset i Örebro.
En kopia av brevet hade skickats till min pappa
på tidningen i Kumla.

Brevet var skrivet på skrivmaskin
och "Herr P" hade skrivit under brevet.

Pappa fick tillstånd av kommissarie Vindhage
att trycka hela brevet i tidningen.
Herr P berättade att han häromdagen hade sett
Ester Kekkonen på lasarettets kafé i Örebro.
Han kände igen henne från bilder i tidningarna.
Hon hade suttit där tillsammans med en man.
De såg förälskade ut
och höll varandras händer.

Fru Kekkonen hade en ring på högra lillfingret,
en ring med en röd och en grön sten.
Det kunde Herr P se
eftersom han satt vid bordet intill.
Mannen pratade skånska
och hade rutig flanellskjorta.
Herr P gissade att den främmande mannen
var mördaren.

– Vad säger Ester Kekkonen själv om saken?
frågade mamma när pappa kom hem från jobbet.

– Vindhage påstår att hon nekar,
svarade pappa. Hon säger att det är lögn.
Hon har aldrig varit på lasarettets kafé,
vare sig ensam eller tillsammans med en man.

\*\*\*

På natten pratade jag och Signhild
om det anonyma brevet.
Vi hade älskat igen
efter några dagars paus.
När vi var färdiga
frågade jag vad hon trodde om Herr P.
Signhild låg tyst i mörkret en stund.

– Förra veckan när jag jobbade i affären
kom mamma in och hälsade på mig,
sa hon sen.
Det var något konstigt med henne.
Kanske hade hon varit på lasarettets kafé
den dagen med den där mannen.

– Varför tror du det? frågade jag
och strök med fingertopparna
över hennes mage.

– Stryk mig över brösten också, sa hon.
Jag känner mig så ensam.
Jag tänker på den där ringen
som Herr P skrev om,
den med en röd och en grön sten.
Mamma har en sån ring
men hon använder den nästan aldrig.

Hur kan Herr P känna till den?
Han måste ha sett henne bära den.

Jag funderade en stund.

– Kan det vara så att din mamma
har en älskare från Skåne? frågade jag.
Kanske en schackspelare från Skåne
som tillsammans med din mamma
högg huvudet av din pappa.
Tror du det?

Signhild svarade inte.
Istället började hon gråta.

# Förhöret

Talade Herr P sanning
eller pratade han bara strunt?
Människor i Kumla och Örebro
diskuterade den frågan när det anonyma brevet
hade publicerats i tidningen.
De flesta verkade tro på det han skrev,
att Ester Kekkonen faktiskt hade suttit
med en främmande karl,
klädd i rutig flanellskjorta,
på lasarettets kafé i Örebro.

Polisen ville att Herr P skulle träda fram,
avslöja vem han var, men det gjorde han inte.
En fredag besökte jag kommissarie Vindhage
på polishuset i Örebro.
Han hade bett mig komma dit.
Han ville veta vad jag visste om Ester Kekkonen.

– Just ingenting, svarade jag.

– Försök inte! sa Vindhage argt.
Du har bott granne med familjen Kekkonen
i åratal. Dottern Signhild har flyttat hem till er.

Ni bor vägg i vägg.
Det skulle inte förvåna mig
om du har ett förhållande med henne.

Det kändes som om han hade slagit till mig.
Jag satt där och gapade. Vad menade han?
Vad visste han om mig och Signhild?

– Vad är det ni vill veta? frågade jag till slut.

– Allt, sa han. I första hand vill jag veta
vem som är fru Kekkonens älskare.
Vem har hon haft ihop det med?

– Är ni säkra på att hon verkligen
har haft en älskare? försökte jag.

Kommissarie Vindhage fnös irriterat.

– Försök inte att skydda henne, sa han.
Hjälp oss istället. En mördare går lös.
Har du någon gång sett fru Kekkonen
tillsammans med en okänd man?

Jag tänkte efter.

– Ingen som jag kan komma på, sa jag sen.
Ingen annan än poeten Olsson.

– Vi struntar i honom, sa Vindhage.

Jag tänkte en stund till.
Plötsligt kom jag ihåg den där dagen i maj
då jag var på väg hem från skolan
och cykelkedjan hade gått sönder.

– Jag såg henne i en bil i Sannahed, sa jag.
Det var i maj.
Fru Kekkonen satt där i en svart Volvo Amazon.
Jag tror att en man satt vid hennes sida.

– Varför har du inte berättat det här tidigare?
frågade Vindhage upprört.
Hur såg han ut?

– Jag vet inte, svarade jag.
Det regnade.
Jag såg honom aldrig tydligt.
Men Ester Kekkonen kände jag igen.

– Okej, nu blir det förhör, sa Vindhage.

Han tog fram en bandspelare
ur en skrivbordslåda.

– Nu ska du berätta exakt vad du såg,
sa kommissarien.

\*\*\*

Det hade gått nästan en månad
sen min första kärleksnatt med Signhild.
Vi hade älskat ganska många gånger.
Ibland var hon glad, ibland grät hon.

– Vi måste sluta upp med det här,
sa hon en natt.
Jag vet inte vad jag egentligen känner.

Jag visste knappt vad jag själv kände.
Det började bli påfrestande
med allt hennes gråtande.
Ibland grät hon i flera timmar.
Jag förstod att hon mådde dåligt.
Kanske höll hon på att bli galen.

– Jag behöver dig så mycket mer
än du behöver mig, sa hon.

– Du har fel, svarade jag.
Jag älskar dig och du älskar mig.

– Det är inte så enkelt, sa Signhild.
Allt känns svårt.
Kanske måste jag klara av det här
på egen hand.

– Men du måste tro på att jag älskar dig.
Till och med om jag skulle lämna dig.

Jag försökte förstå vad hon menade.
Varför skulle hon lämna mig?

\*\*\*

Lördagen den 14 oktober hade vi klassfest
i Hallsberg hemma hos en tjej
som hette Solveig.
Hon bodde i en villa nära Folkets park.
Jag och Elonsson var där
liksom nästan alla andra i klassen.

Solveigs föräldrar var inte hemma.
Ganska snart var alla fulla. Jag också.
Jag somnade i en soffa.
Klockan halv tre på morgonen
väcktes jag av Elonsson.

– Det är dags att vandra tillbaka till Kumla,
sa han. Det går inga tåg vid den här tiden.

Drygt två timmar senare var jag
äntligen hemma i mitt rum på Fimbulgatan.
Jag klädde av mig naken.
Sen smög jag mig in till Signhild.

Jag blev mycket förvånad när jag upptäckte
att hon inte låg i sin säng.

Rummet var tomt.

# Var är Signhild?

Dagen efter klassfesten sov jag
till klockan tre på eftermiddagen.

När jag duschade kom jag plötsligt ihåg
att Signhild inte hade varit i sitt rum
när jag kom hem klockan fem på morgonen.
Det var minst sagt underligt.

Jag klädde på mig och gick sen
och knackade på Signhilds dörr.
När jag inte fick något svar knackade jag igen.
Därefter tryckte jag ner handtaget och klev in.

Rummet var tomt, mer än tomt.
Det var övergivet.
Signhilds saker var borta.
Jag öppnade garderoben.
Hennes kläder var försvunna.
Hade hon flyttat eller rymt?
Vad hade hänt?

Allt är förändrat, tänkte jag
och kände mig fruktansvärt orolig.

Jag skyndade mig nerför trappan
men där fanns ingen jag kunde fråga.
Varken mamma, pappa
eller Signhild var hemma.

Jag gjorde i ordning te och mackor,
satte mig vid köksbordet
och försökte lugna ner mig.
Det gick inget vidare. Det gick inte alls.
Jag var orolig och rädd.

*** 

Mamma och pappa kom hem klockan halv sju
på kvällen. De hade varit och gratulerat
en bekant som fyllde 60 år.

– Var är Signhild? frågade jag.

Mamma smet in på toaletten.
Pappa gick till kylskåpet
och tog fram en flaska öl.

– Signhild har flyttat, sa han sen.
Det blev bestämt så.

– Varför det? När blev det bestämt?
frågade jag upprört.

Pappa satte sig vid köksbordet
och hällde upp ölen i ett glas.

– Sätt dig, sa han och tittade allvarligt på mig.
Signhild hade ett samtal med sin mamma igår.
Det är ingen idé att du frågar vad de pratade om.
I alla fall blev det bestämt
att flickan måste härifrån.
Hon har mått dåligt på sista tiden.
Vi flyttade tillbaka hennes saker igår kväll.
Du var ju på fest.

– Så Signhild bor hos sin mamma nu?
frågade jag.

– Jag skulle inte tro det, svarade pappa.
Men jag vet inte var hon är.
Det får du fråga fru Kekkonen om.

– Du måste väl veta vart hon tagit vägen?
försökte jag. Har hon bara försvunnit?

– Fråga inte mer så låter jag också bli
att ställa frågor, sa pappa.
Det blir bäst så.
Jag tror att du förstår vad jag menar.

Jag reste mig upp och rusade ut genom dörren.

\*\*\*

Jag tog en promenad till torget
och köpte ett paket cigarretter i Pressbyrån.
Hela tiden tänkte jag på Signhild.


Vad hade hon och hennes mamma
pratat om igår?
Jag var säker på
att Signhild hade avslöjat vårt förhållande,
att vi låg med varandra.
På den tiden skulle 17-åringar inte knulla,
i alla fall inte i Kumla.
Signhild hade avslöjat oss.
Fru Kekkonen visste vad vi gjorde på nätterna.
Mina föräldrar hade också fått veta det.
Det var därför pappa hade sagt
att han och jag inte skulle ställa fler frågor
till varandra.


När jag kom tillbaka till Fimbulgatan
gick jag fram till Kekkonens hus och ringde på.


– Jag vill prata med Signhild, sa jag
när Ester Kekkonen öppnade.


– Hon är inte här och jag kan tyvärr inte berätta
var hon är, sa Ester.

– Varför inte det? frågade jag.

– Jag trodde att dina föräldrar
hade förklarat det här för dig, svarade hon.

Jag skakade på huvudet.

– När kommer hon tillbaka?
undrade jag.

Ester Kekkonen log ett sorgset leende.

– Varför skulle hon komma tillbaka hit?
utbrast hon.
Det gör hon kanske aldrig.

Just i det ögonblicket fick jag lust
att slå fru Kekkonen på käften.
Men det gjorde jag förstås inte.
Jag bara vände mig om och gick därifrån.

***

Strax före midnatt hittade jag brevet.
Signhild hade stuckit in det
mellan två böcker i min bokhylla.
Så här skrev hon i brevet:

*Kära Mauritz!*
*Allting är förändrat, jag kan inte säga hur*
*eller varför. Men jag måste lämna dig nu.*
*Jag får bo hos en bekant så länge.*
*Det är inte mamma som har tvingat iväg mig,*
*det här är mitt eget beslut.*

*Förlåt att jag gör dig besviken.*
*Jag måste lämna dig, det finns inget annat sätt.*
*Försök inte leta upp mig. Jag är långt borta.*

*Tack för allt,*
*Signhild*

Jag la mig på sängen och grät.
Det blev den värsta natt jag varit med om
i mitt 17-åriga liv.

# Bebisen

De första veckorna efter att Signhild
hade gett sig iväg ville jag inte leva.

På kvällarna satt jag ofta och stirrade
ut genom fönstret mot Signhilds mörka rum.
Ibland funderade jag på
att hänga mig i kastanjen.
Där, i trädet, skulle min bleka kropp hänga
och gunga sakta fram och tillbaka
i den kalla höstvinden.
Men egentligen ville jag nog inte dö.

Varje dag var lik den andra. Jag steg upp,
åkte till skolan och gick på lektionerna.
Åkte hem igen och stängde in mig på mitt rum.
Där satt jag och stirrade ut genom fönstret
eller in i väggen.

Jag trivdes inte alls i skolan.
Förut hade jag tyckt att vissa ämnen var okej,
i alla fall svenska.
Jag hade alltid varit duktig på att skriva uppsatser,
men nu hade jag inte ens lust att göra det.

– Vad har hänt, Mauritz? frågade min lärare
när han lämnade tillbaka min senaste uppsats.
Så här dåligt har du aldrig skrivit förut.
Mår du inte bra?

– Nej, inget vidare, erkände jag.

– Det är ingen ursäkt, sa han.
Du tror väl inte att August Strindberg
mådde bra när han skrev Inferno?

– Jag har inte läst Inferno, svarade jag.

– Se då till att göra det, sa min lärare.
Jag vet att du kan mycket bättre.
Ibland har jag tänkt att du ska bli författare.

\*\*\*

Jag väntade på att Signhild
skulle skicka ett brev eller ringa,
och tala om var hon bodde nu.
Men det kom inga brev eller samtal,
inga livstecken alls.

En gång tog jag mod till mig
och ringde till Ester Kekkonen.
Det var klockan sex på morgonen.

Jag skrek åt henne att hon skulle tala om
var Signhild fanns.
Annars skulle jag ta livet av mig.
Men fru Kekkonen trodde mig inte
och jag förstod på hennes röst att hon aldrig
skulle avslöja var hennes dotter var.

Hela tiden funderade jag på
vad som hade hänt.
Varför hade Signhild gett sig iväg så hastigt?
Vad hade hon och hennes mamma pratat om
samma dag som hon försvann?

Antagligen hade Signhild avslöjat
att vi legat med varandra.
Men det var väl inte så hemskt?
Folk gjorde faktiskt sånt,
till och med i Kumla på den tiden.
Det borde fru Kekkonen själv känna till.
De måste ha pratat om något annat också, nå-
got som var värre.
Men vad?
Varför hade Signhild lämnat mig?
Varför hade hon gjort mig så illa?

Jag tänkte alltid på Signhild,
från det att jag vaknade på morgonen
tills jag somnade på kvällen.

\*\*\*

Den 4 december födde Ester Kekkonen
en liten flicka på lasarettet i Örebro.
Några dagar senare kom hon hem
till Fimbulgatan med sin lilla dotter.
Det var en lördag med lätt snö i luften.

De kom hem i taxi.
Jag satt vid mitt fönster
och såg henne kliva ur bilen.
Hon betalade chauffören och gick in i huset.
I handen hade hon en liten korg
med det nyfödda barnet.

Mamma var inte hemma,
men pappa gick över till fru Kekkonen
för att kolla att allt var bra.
Efter en stund kom han tillbaka.
Jag gick ner till honom i köket.

– Det var en söt flicka, berättade han.
Hon ska heta Maria.

Ett par timmar senare hörde jag ljudet
av en motorcykel. Jag tittade ut genom fönstret
och såg att det var poeten Olsson som kom.
Jag hade inte sett honom sen i augusti.

Ester Kekkonen kom ut på trappan.
Först stod hon alldeles stilla.
Sen gick hon fram till sin bror
och gav honom en kram.

*\*\**

Varje dag gick Ester Kekkonen och poeten Olsson
ut och promenerade med lilla Maria.
Hon låg i en röd barnvagn.
Folk som inte visste
vilka fru Kekkonen och Olsson var,
måste tro att de var gifta,
ett äkta par som var ute och gick med sin bebis.

En eftermiddag några dagar före julafton
stötte jag ihop med dem på stan.
Jag var ute och handlade julklappar.

– Se, vår unge vän! utbrast poeten.
Hur går det med skrivandet?
Blir det några dikter?

– Inte just nu, svarade jag.
Så du har kommit tillbaka?

– Som du ser, sa Olsson.
Cirklar bryts och cirklar sluts.

Jag undrade tyst vad han menade med det.

– Ska du inte hälsa på lilla Maria?
frågade Ester Kekkonen.

Jag tittade ner i vagnen på bebisen.
Hon sov och såg ganska gullig ut.

– Kommer Signhild hem till jul? frågade jag.

– Nej, hon gör inte det,
svarade fru Kekkonen.
Men hon har det bra där hon är.
Jag pratar med henne ibland.

– Du kan väl hälsa till henne, sa jag.

– Om jag kommer ihåg det, sa hon.
Nej, nu måste vi gå vidare!

Just då hände något med hennes ansikte,
jag tyckte i alla fall det.
Hon såg sorgsen ut.
Hon tittade på mig med medlidande,
som om hon tyckte synd om mig.
Det ryckte lite i hennes ena mungipa.
Jag trodde att hon tänkte säga något,
men sen ångrade hon sig och vände sig bort.

Poeten Olsson tände en smal cigarr
och tittade upp mot den mörka himlen.
– Hotfulla skyar, sa han.
Men nu måste vi gå vidare, som sagt.
God jul, unge man!

– God jul, svarade jag.

Jag såg fru Kekkonen och poeten Olsson
gå iväg, arm i arm.
Framför sig sköt de barnvagnen
med lilla Maria, Signhilds syster,
dotter till Ester Kekkonen.
Men vem var bebisens far?

# Sista tiden i Kumla

Det blev jul och det blev nyår.
Under lovet satt jag mest i mitt rum
och läste och lyssnade på musik.
Jag visste inte vad jag annars skulle göra.
Från Signhild hörde jag inte ett ord.

Nu var det januari 1968.
Den sista terminen på gymnasiet började.
När jag kom hem från skolan en dag
stod en stor lastbil på gatan.
Poeten Olsson och två flyttkarlar
bar ut möbler och lastade in dem i bilen.
Ester Kekkonen skulle flytta.

I början av sommaren hade det bott
fyra människor i Kekkonens hus.
Det var bara drygt ett halvår sen.
Då hade allt verkat normalt,
ganska normalt i alla fall.
Men sen dess hade mycket hänt.

Kalevi Kekkonen hade blivit mördad,
halshuggen.

Signhild hade av okänd anledning
flyttat till okänd ort.

Poeten Olsson hade varit borta hela hösten
men till sist hade han kommit tillbaka.
Nu skulle han ta med sig sin syster,
Ester Kekkonen och hennes dotter Maria.
Jag visste inte vart och ville inte fråga.

Jag ska glömma dem, tänkte jag.
Jag ska flytta från Kumla
och aldrig mer tänka på de här människorna.
Nu vill jag resa till London eller Paris
eller vart som helst.

Jag stod vid det öppna fönstret i mitt rum
och rökte pipa.
Jag såg Ester, Maria och poeten Olsson åka iväg.

Kanske skulle jag aldrig se dem igen.

\*\*\*

En natt i februari brann Kumla kyrka.
Jag hörde om händelsen på radion.
Liksom de flesta människorna i staden
gick jag bort till kyrkan för att titta.
Det fanns bara en svart ruin kvar.

Nu får väl folk något annat
att prata om, tänkte jag.

Istället för att undra
vem som mördade Kalevi Kekkonen
skulle invånarna i Kumla börja diskutera
vem som hade satt eld på kyrkan.

Jag stod och stirrade på ruinen en stund.
Samtidigt tänkte jag på Signhild,
hur det kändes när vi låg nakna i samma säng,
tätt intill varandra.

Jag tänkte också på Ester Kekkonen,
hennes ansikte när hon satt i den där bilen
vid vägkanten i Sannahed.
Bredvid henne satt en man.
Jag såg hans hand på ratten,
men handen var det enda
som jag såg av honom.

Efter en stund vände jag ryggen åt kyrkan
och började sakta gå hemåt.

Dagarna och veckorna gick.
I slutet av maj tog jag studenten.
Sen lämnade jag Kumla
och flyttade ut i världen.

# Långt senare

Jag vaknade upp på ett tåg
från Malmö till Uppsala.
Min kropp värkte av sömnbrist och oro.
Det hade gått 35 år sen jag lämnade Kumla.
Numera bodde jag i Malmö.
Jag hade varken sett Signhild
eller hennes mamma Ester under alla dessa år.

Dagen innan hade jag fått två telefonsamtal.
Först ringde pappa.

– Det börjar bli ont om tid,
sa han med svag röst.
Jag dör snart.
Jag vill att du kommer och hälsar på mig.
Det är en sak jag vill prata med dig om.

– Jag kommer i morgon, lovade jag.

Sen hade Maria ringt,
Ester Kekkonens andra dotter.

– Du kommer väl? frågade hon.

138

Maria skulle också hälsa på min pappa.

Jag begrep ingenting.

Jag visste förstås att pappa var svårt sjuk
i cancer. Han låg på sjukhuset i Uppsala.
Tre månader tidigare hade jag hälsat på honom.
Antagligen var han nära döden nu.
Naturligtvis skulle jag åka dit.

Men varför hade han också bett
Maria Kekkonen att komma?
Hon kände väl inte pappa?
Sist jag såg henne var hon en liten bebis.

Jag kände mig förvirrad.
Men jag lovade Maria att möta henne
på perrongen i Uppsala nästa morgon.

– Jag tar på mig en gul skjorta
så att du känner igen mig, sa jag.

***

Det blev en sömnlös natt på tåget.
Jag delade kupé med en man
som snarkade våldsamt.
Han låg i sängen under mig.

Jag kände mig sliten och trött
när jag tidigt på morgonen steg av
på stationen i Uppsala.
Jag hade lätt bagage,
bara en liten väska i handen.
Troligen skulle jag åka tillbaka
redan samma kväll.
Jag stod på perrongen och såg mig omkring.
Efter en stund fick jag syn på en kvinna
i 35-årsåldern som var på väg mot mig.

– Hej, det är väl Mauritz Målnberg? sa hon.

Jag nickade och sträckte fram min hand.

– Och du måste vara Maria, sa jag.
Hur kände du igen mig?

– Skjortan, svarade hon.
Du sa att du skulle ha på dig en gul skjorta.
Har du glömt det?

\*\*\*

Tjugo minuter senare satt jag och Maria
i ett väntrum på sjukhuset.
Hon var ganska olik sin mamma Ester,
lika vacker men på ett annat sätt.

– Det känns konstigt att sitta här med dig,
sa hon.

– Ja, sa jag, och studerade hennes ansikte.

Maria bodde i Stockholm
och hade bara rest i 40 minuter
för att komma hit.
Hon såg oförskämt pigg ut.
Vi satt tysta ett tag.

– Tänk om han inte orkar prata,
sa Maria sen.

– Det tror jag nog att han gör, sa jag.
Han har bett oss komma hit
för att han vill berätta sanningen,
vad det var som hände för så många år sen.
Jag tror att du vet mer om saken än jag,
men berätta inget nu.
Först vill jag höra vad pappa har att säga.

– Vi kan väl träffas och prata mer sen?
föreslog Maria.

– Det är klart, svarade jag.

Efter en stund kom en sköterska.

– Ni kan gå in till honom nu, sa hon.

\*\*\*

Pappa såg så liten ut,
som om han hade krympt.
Han satt upp i sängen
med en ljusblå filt över benen.
Sköterskorna hade snyggat till honom.
Han var nyrakad, det tunna håret var kammat
och han hade på sig en ren, vit skjorta.
Men ansiktet var blekt och magert.

Maria och jag satte oss på varsin stol.

– God morgon, mina barn, sa han.

Jag ryckte till och visste inte vad jag skulle säga.
Det var alltså inte bara jag utan också Maria
som var pappas barn.
Det var därför hon var här.
Jag hade börjat ana det under tågresan hit,
men jag var inte säker.
Nu visste jag.
Maria var min syster, precis som Katta.

– Du visste om det, sa jag till Maria.
Du visste mer än jag när vi kom hit.

– Jag berättade det för henne i telefonen,
förklarade pappa.
Annars skulle hon inte ha kommit.

Vi satt tysta en stund.

– Var det du som dödade Kalevi Kekkonen?
frågade jag.

Pappa nickade.

– Du hade ett förhållande med Ester Kekkonen
och Maria är alltså min syster, sa jag.

– Det stämmer, svarade pappa svagt.

Jag reste mig långsamt, gick bort till fönstret,
tittade ut över sjukhusområdet
och stadsparken.

– Vad gör din mamma nu för tiden?
frågade jag utan att vända mig om.

– Ester dog för åtta år sen, svarade Maria.
Hon fick en hjärtattack,
det gick snabbt.

Min egen mamma dog samma år som Ester.

Förmodligen hade hon inte haft en aning om
att pappa varit otrogen
och att Maria Kekkonen var hans dotter.

Jag tänkte på min andra syster, på Katta.
Hon och Dubbelubbe gjorde slut
ett år efter att de hade flyttat ihop.
Numera bodde Katta i Sydney i Australien
med en annan polis.

– Signhild fick veta att jag var Esters älskare
och att jag dödade hennes far,
väste pappa med allt svagare röst.
Det var därför hon gav sig iväg så hastigt.
Hon kunde inte stanna kvar.

Jag satte mig på stolen igen.

– Jag var tvungen att ta livet av
Kalevi Kekkonen, fortsatte pappa.
Han kom på oss, fick veta
att hans hustru var otrogen med mig.
Jag hade inget val.
Jag måste döda honom.
Han var en riktig djävul.

Pappa började hosta,
men det gick över efter en stund.

Han var ännu blekare nu.

– Hur var det med meddelandet
i Kekkonens strupe? frågade jag.
Schackdraget?

– Det var bara för att vilseleda Vindhage,
sätta honom på fel spår, svarade pappa.
Det var samma sak med brevet från Herr P.
Jag skrev det för att förvirra.

Det fanns en till fråga jag måste ställa.

– Satt du tillsammans med Ester Kekkonen
i en svart Volvo Amazon i Sannahed?
sa jag.
Det var en dag i maj och det regnade.

Han tänkte efter.

– Det kan nog stämma, sa han.
Några gånger lånade jag en svart Amazon
av en kollega på tidningen.

Pappa vred på huvudet och tittade på Maria.

– Jag är ledsen att jag inte kunde vara din far
på riktigt, sa han till henne.

145

– Jag älskade din mor, men Ester ville inte
att det skulle bli hon och jag.
Jag var beredd att skilja mig för hennes skull,
men hon sa nej.

– Hur fick Signhild reda på
att du mördade hennes pappa? frågade jag.

– Det var Ester som avslöjade det,
svarade han.
När Signhild talade om för sin mor
att hon låg med dig,
berättade Ester sanningen om mordet.
Signhild fick veta att jag var både
hennes mors hemliga älskare
och hennes fars mördare.
Sen var Signhild tvungen att ge sig iväg.
Hon kunde omöjligt bo kvar på Fimbulgatan.

Plötsligt avbröt han sig och blundade.

– Jag är så trött, mina barn, mumlade han.
Så fruktansvärt trött.

Det hördes ett kluckande ljud från hans strupe.
Först trodde jag att han hade dött,
men sen såg jag att han fortfarande andades.
Han sov djupt.

Jag och Maria såg på varandra.
Vi reste oss och gick därifrån.

\*\*\*

Maria och jag åt lunch tillsammans
på en uteservering.
Det var vackert väder.

Vi lovade att hålla kontakten med varandra,
nu när vi visste att vi var syskon.

– Träffar du Signhild någon gång? frågade jag.

– Nej, nästan aldrig, svarade Maria.
Jag har hennes adress förstås. Vill du ha den?

Jag tvekade lite.

– Ja tack, sa jag sen.

Under alla år hade jag velat veta
vart Signhild tog vägen, vart hon försvann.
Men nu när Maria räckte mig en lapp
med Signhilds adress
kändes det inte längre viktigt.

\*\*\*

Jag tog tåget tillbaka till Malmö samma kväll.
När jag kom hem satte jag mig på min balkong
med utsikt över Öresundsbron.

På grammofonen snurrade
en gammal LP-skiva med Bob Dylan.
Jag såg ut över det mörka vattnet
och tänkte på ingenting.

# Weitere Lättläst–Taschenbücher im GROA Verlag:

## Glasets hemlighet
von Bodil Mårtensson

*Der Antikhändler Gerner wird tot in seinem Laden gefunden. Die Journalistin Annelie Bergelin ist sofort davon überzeugt, dass er ermordet wurde. Hat es vielleicht mit dem mysteriösen Glas zu tun, das sie von ihm geliehen hatte?*

**ISBN 978–3–933119–72–8 • 108 S. • € 9,95**

## Mannen på stranden
## Fotografens död
von Henning Mankell

Bearbeitung: Johan Werkmäster

*Zwei Krimis mit Kommissar Kurt Wallander*

**ISBN 978–3–933119–45–2 • 120 S. • € 10,95**

## Slottet Standheart - ett farligt arv
von Bodil Mårtensson

*Die Journalistin Annelie Bergelin erhält ein unerwartetes Erbe - ein Schloss in Schottland! Sie macht sich sofort auf die Reise. Schon bald nach Ihrer Ankunft passiert beinahe ein Unglück. Oder war es vielleicht ein Attentat?*

**ISBN 978–3–933119–77–3 • 104 S. • € 9,95**

## Dödens och suckarnas stad
## Ett stillsamt litet mord
## Ormblomman
von Håkan Nesser

Bearbeitung: Johan Werkmäster

*Drei Krimis von einem der beliebtesten Autoren Schwedens.*

**ISBN 978–3–933119–65–0 • 160 S. • € 11,95**

## Körkarlen
von Selma Lagerlöf

Bearbeitung: Cecilia Davidsson

*Der Geselle des Todes, „Körkarlen", steht am Bett der sterbenden Schwester Edith. Doch vor ihrem Tod will sie noch einmal mit dem Mann sprechen, den sie liebt.*

**ISBN 978–3–933119–85–8 • 104 S. • € 9,95**

## Herr Arnes penningar
von Selma Lagerlöf

Bearbeitung: Gerd Karin Nordlund

*Eine Geschichte aus alten Zeiten über Geister und Mörder*

**ISBN 978–3–933119–90–2 • 64 S. • € 7,95**

## Arn – Vägen till Jerusalem
von Jan Guillou

Bearbeitung: Johan Werkmäster

*Ein historischer Abenteuerroman, der sich im 11. Jahrhundert in Schweden und Dänemark abspielt*

**ISBN 978–3–933119–70–4 • 192 S. • € 11,95**

Weitere Informationen, z. B. über das Lehrwerk *Tala svenska*, erhalten Sie auf *www.groa.de.*

**G R O A**
**VERLAG**

Preisänderung und Irrtum vorbehalten
Stand: 01.05.2025